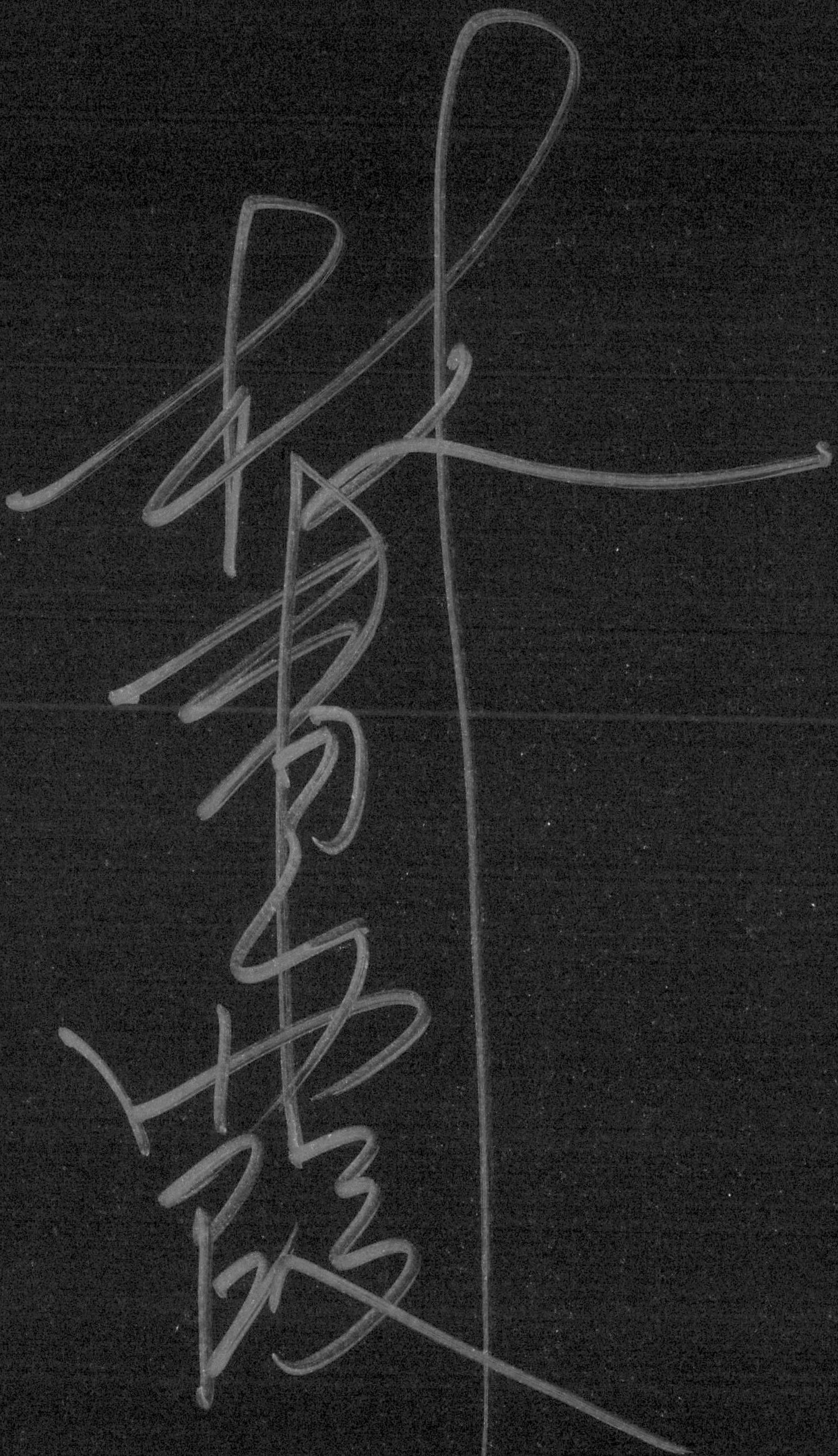
林青霞

獻給張叔平

自序

無形的鞭子

董橋從來沒有對我說過重話，平常跟他吃飯他都是禮貌的聽人講話，自己不太發言。某一個星期六中午，我們在陸羽吃午飯，說到我第一本書的新書發佈會，他嚴厲的說：「你不能稱自己為作家。」我囁囁的說：「我只是在台上跟馬家輝開了個玩笑。」他臉上不帶笑容的：「開玩笑也不行。」我知道他是愛之深責之切，立即不敢出聲。

二○○四年十二月五日我的第一篇文章刊載於《明報》，至今已逾十五年，現在才準備出第三本書，我清楚知道自己不是作家。只是這十五年裏我養成了讀書的習慣，偶爾有所感觸，心中有話想說，就會寫篇文章跟大家分享。我習慣深夜寫作，通常是早上六點完成，然後我會迫不及待發給好友金聖華，等她七點半起床，請她打開電腦，聽完她對文章的回應，我才安心睡覺。

多年來，每逢一月一日元旦當天，我都會在中、港、台和新加坡的報章雜誌上同步發表一篇文章，有時一年只出這一篇，還是被聖華逼出來的。今年，因為新型冠狀病毒的關係，我們全家到澳洲農場暫住兩個半月。記得蔣勳說過，如果去到一個荒島，只准帶一本書，他會帶《紅樓夢》。這次我帶了一箱書，除了三大本《紅樓夢》原著，還有三大本《白先勇細說紅樓夢》、一本《王蒙的紅樓夢》、兩本高陽的《曹雪芹別傳》。平常看到厚厚的書就沒耐心看完，這回我下定決心一定要把白先勇那三大本書K完，結果一開始讀便放不下了。能夠在一本書裏看到當代作家白先勇談論世紀作家曹雪芹，聽白先勇仔細分析解讀他口中的天下奇書《紅樓夢》，真是一大享受。書中有對曹雪芹本人的分析，也說出《紅樓夢》好在哪裏，以及如何以神話的架構描寫賈府由盛轉衰的過程，看完這三本書可以說是結結實實的上了一堂文學課。

我常常形容金聖華總是手持着無形的軟鞭，只要我一懈怠，她就會抽我一下。避疫期間她又輕輕的提醒我，「青霞呀，你趁現在沒甚麼事好做就寫點文章吧，你可以把李菁那篇完成啊。」李菁一生的遭遇對我衝擊很大，一直想寫篇文章把我內心強烈的感受說一說，又怕說得不好，造成對她的傷害，所以遲遲不肯動筆，金聖華、胡晴舫和龍應台都極力鼓勵我寫下來，她們都說把你跟我們講的故事寫出來就成了。

看完白老師的書，我茅塞頓開，文思泉湧，開始寫〈高跟鞋與平底鞋〉，把在腦子裏來回思索了兩年的李菁故事一口氣寫完，〈閨密〉寫好友施南生，也只花了兩天時間，每篇三千多字，之後又寫了〈知音〉胡晴舫。想到要出書必須有篇自序，再加一篇〈無形的鞭子〉，平常一年一篇，現在竟然一個月寫出四篇，能夠寫得如此順暢，實在也是因為拜讀了白先勇老師的書所致。

天地圖書出版社要我把所有文章傳過去，算算共有多少字，我集結了二十篇，有約三萬字，我說太少，社長建議我請幾位朋友寫我，再補寫幾篇中、港、台都熟悉的人物，加上數十張照

金聖華與我（二〇一八年，香港中文大學善衡書院提供）

片，內容便很豐富了。於是我想到熟悉我的好友施南生、胡晴舫、江青。他們都說前兩本書寫我的是白先勇、董橋、章詒和、金聖華、蔣勳、瓊瑤、馬家輝這些紅牌作家，他們怎麼敢寫。「他們是紅牌作家你們是紅顏知己啊！」我說。江青姊兩天內就寫出一篇文情並茂的動人文字。南生從來沒有發表過文章，感到壓力很大，晴舫公務繁忙，我也不催促。現在統統交稿了，都是真性情之人，字字情真意切。

黃心村正忙着香港大學張愛玲百年誕辰紀念文獻展，百忙之中也肯加入陣營為我寫上一筆。趙夏瀛醫生和張一君律師雖然只見過一次面，但因為公益活動和對於寫作的愛好，就都連在一起了，他們各自主動為我寫了一篇文章。我好好珍惜的把這些朋友的話放在《鏡前鏡後》裏，希望能跟大家一起學習和成長。

回憶起初識聖華是SARS襲港的時候，今年更是新冠疫情席捲全世界，前後十七年，她總是我最初的讀者。沒有她的鞭策不會有《窗裏窗外》、不會有《雲去雲來》也不會有《鏡前鏡後》。永遠記得，十幾年前我們挽着手，漫步於又一城商場地下室的Page One書店，瀏覽書架上的書，聖華說：「想想以後這書架上有你兩本書，那有多開心。」我撲哧一笑：「這是不可能的事。」數年後在那長長的書架上，看到《窗裏窗外》和《雲去雲來》，我凝望着那兩本書許久許久，真是各種滋味在心頭。我的《鏡前鏡後》在我今年生日出版，算是給自己的生日禮物，也好在疫情中跟大家分享我思、我想和我描寫的人物。

前幾天早上我把剛改好的〈知音〉傳給聖華，她醒來打給我：「青霞，這篇文章改過以後簡直好得受不了了！」我咯咯咯笑得好開心，跟她聊起我的學生時代，初中聯考考不上只能讀夜間部，高中聯考考不上只能讀私立學校，大學聯考考不上只能拍電影。有一次跟朱經武、龍應台和董橋在太子大廈的Sevva西餐廳晚餐，他們三人一個做過香港科技大學校長、一個做了台灣第一任文化部長、一個是前《蘋果日報》社長，都是台灣成功大學畢業，聊起他們的大學生活話題不斷，看他們那麼開心，我說真遺憾沒讀過大學，他們聽了異口同聲的說：「你要是讀大學就完了！」我一時愣住了。後來想想也是，求取知識不一定要在大學裏，生活中隨時隨地都可以學習求長進。聖華非常驚訝我的聯考經歷，她是從小就讀那種我做夢都不敢想的名校，最後還在巴黎索邦大學拿到博士學位，她怎麼能夠體會我這落榜小子的心情呢。

從小書讀得不好，現在卻以讀書寫作為樂，萬萬沒有想到，我的文章竟然得到許多知名大作家的讚許，我當是拿了文憑，這也印證了我一生堅信的座右銘：「有志者事竟成」。

白先勇跟金聖華説，青霞現在真是作家了。

二〇二〇年四月十八日初稿寫於澳洲農場
二〇二〇年九月二十二了日於香港定稿

男版林青霞

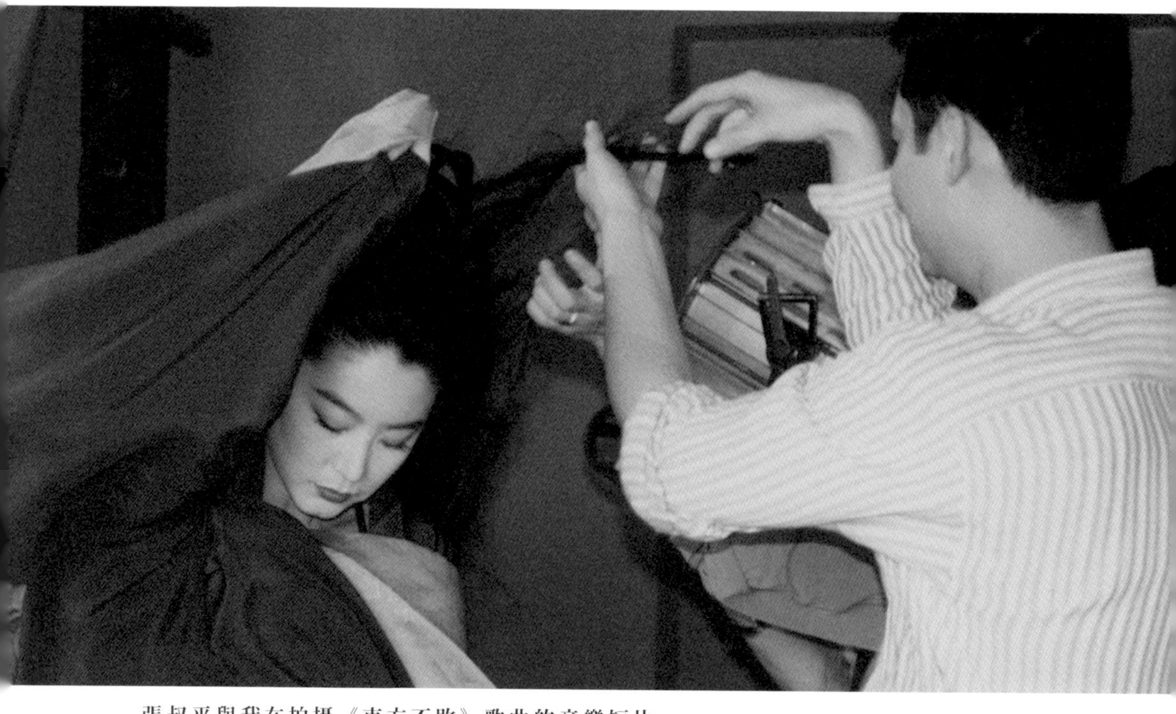

張叔平與我在拍攝《東方不敗》歌曲的音樂短片

我最親近的男性朋友是張叔平，相信他比我的家人更了解我。我們總是呵護對方，是那種兩肋插刀、互相扶持的朋友。

一九八〇年在美國加州拍《愛殺》時認識張叔平，一見到他就有似曾相識的親切感。那段日子，叔平每天腳蹬一雙又髒又舊的白球鞋，一件不起眼的軍綠短風衣，男明星覺得他那件風衣好看，也要去買一件，原來那件是名牌Giorgio Armani，價錢貴得不得了，男明星咬着牙買下來了，我問叔平既然穿那麼貴的衣服，為甚麼不買雙新球鞋，他說他喜歡這樣。誰知道幾十年後，潮流居然時興起又髒又舊的球鞋來。

至今四十個年頭，我們的交往沒有間斷過。我在香港拍的電影百分之九十的造型是出自他手筆。我出的三本書都是他設計的。在拍攝電影中等候打光時，我們常常瞎掰，有一次我說：「我將來如果嫁給一個很有錢很有錢很有錢的老公，你來幫我裝修。我要洗手間地上鋪滿厚厚的黃金楓葉，你到我家來我就撿兩片金葉子給你。」我們兩個越講越覺好笑，就這樣說說笑笑消磨了不少快樂時光。

日子一天天過去，三十九歲那年我嫁到香港，婚後家裏的裝修理所當然是張叔平設計的，雖然洗手間地上沒有鋪滿金色的楓葉，但在他生日那天我送了兩片楓葉作為他的生日禮物。我六十歲那年先生送了一間公寓作為我讀書、寫作和招待朋友之用。我跟叔平說，我要視線範圍內每一個角落都是藝術，他做到了。走進公寓就等於走進我的理想世界，每一個眼睛接觸到的地方都是藝術，他大如書桌、椅子、枱燈、床鋪、被單，小如刀叉、碗筷、酒杯、杯墊，每樣東西都仔細到我心裏去，我不時會發現他巧妙的心思。我跟他說，這個裝修到我老了都不會改變。

我跟叔平無話不談，最開心的事與他分享，痛苦悲傷時對着他流淚，他的反應也另類。年輕時有一天為感情事困擾着，茫茫然從我住的九龍新世界公寓走到北京道良士大廈按他家門鈴，那天我戴着副寶藍緄細銀邊的小橢圓太陽眼鏡，穿着件藍灰色大風衣，他一開門我就往他床上撲，趴在床上自言自語道出我的煩惱，過了一會兒才坐到窗前背着光的單人椅子上，他在我對面聽我說話，我一邊說一邊熱淚滾滾而下，他定定的看着我輕輕的說：「你這樣很好看，臉上帶着笑，藍色鏡片底下流出大粒的淚珠很好看。」我掛着兩行淚嘎嘎嘎的笑了起來。他又說：「你剛才從門口跑到我床上，風衣飛起來的樣子真的很好看。」他勸都沒勸，我的煩惱已經不見了。

九龍新世界公寓是個寂寞的居所，住進去的人都是單身，我不拍戲的時候一個人在香港真的很孤單，當年不看書、不寫字也不交朋友，只知道拍戲。有一次叔平到我小公寓來，我突然想起晚上無聊時自己用拍立得

張叔平與我在胡軍話劇《哈姆雷特》的慶功宴

（Polaroid）拍的三張照片，拿出來給他看。照片用釘書機釘成一排，我一邊哼着歌一邊把照片慢慢的從打橫的信封裏往上拉，他好奇的看我搞甚麼花樣。看完我把信封封好，小心翼翼的收起來，走進臥房換上舒服的白色浴袍，打了個電話，準備一會兒跟他聊天。出來時他已起身說要走了，我有些莫名其妙，都還沒說上話呢，但他的眼神驚恐，彷彿是落荒而逃。

三十年後的一天我跟叔平和 Jaffe 在半山公寓聊天至深宵，想起那次看照片的事，便問他當時為甚麼突然走了？是不是怕我色誘他？他說已經忘了。我三十年前給他看的照片是從頭到腳全裸的。

我參加金馬五十頒獎典禮那回，他覺得我那件露肩大紅禮服，上面應該罩件薄的紅色雪紡披肩，遮一遮腋下的贅肉。他身在北京臨時幫我做，再請人帶回香港。多年來他過生日，晚上都會接到女高音唱一句「Happy birthday to you~~~!」尾音拉得又抖又長的電話，頭兩年他會問「是誰？」我就哈哈哈大笑。他六十歲生日那天我唱完女高音，問他怎樣慶祝生日？他說沒有慶祝。問他在做甚麼？他說：「在做你的披肩。」那天是他六十大壽，這個大生日，他竟然在為我的小披肩趕工。

有一陣子叔平身上長疱疹，疼痛難耐，還得陪我去服裝店買衣服，等我試好衣服出來，見他歪在椅子上打盹，我心疼得想流淚，那段時間再有需要我也不捨得拉他幫忙了，他很敏感，問我是不是不想找他做，天曉得，我向來把他的話當聖旨。

張叔平塑造一個美女，漂亮還不夠，氣質和韻味要有，那是他最厲害的殺手鐧，也是他的獨門武功，別人學不來的。一九八三年拍《我愛夜來香》，他讓我身穿一件黑色大墊肩、收腰、窄裙、露背、後面開叉的洋裝，額前波浪腦後梳起的髮型，黑色帶骨透明絲襪，腳踩黑色三寸高跟鞋，妖嬈中透着高貴。我這身打扮站在那兒活活的天字第一號，以前在台灣演的都是長髮披肩的純情玉女，走起路來規規矩矩，張叔平還教我怎麼樣扭着屁股走路。

我拍的第一百部戲是《東邪西毒》，每次到澤東電影公司就看到門外堆着幾大捆顏色舊舊的布，電影卻遲遲不開工，叔平忙着把新布做舊，再做得有皺褶。以前的古裝戲男人一律戴頭套，女人則頭髮梳起插上簪子，這次大創新，男的女的都披頭散髮，穿着舊舊皺皺的長裙，叔平顏色搭配一流，我們這些演員穿梭在陝西榆林洞窟裏，形成一幅幅絕美的圖畫。

張叔平是殿堂級人物，人人都阿叔阿叔的尊稱他，只有我是操着台灣女孩嗲嗲的口音叫他「叔平」。他在自己的專業領域裏非常權威，說一不二，沒有人敢不聽他的，可是一旦到了領獎和應酬場合，他便不知所措，他的心裏

張叔平與我在《東成西就》現場

總是住着一個害羞的小男孩，最怕和正經八百的大人交際，凡是一些官樣場所或是有些不想去的地方，他會自動消失得無影無蹤；如果推不掉非去不可的話，他就先把自己灌得半醉才出場，出了場不多話也不笑，像是全世界都得罪了他似的。跟他熟了以後才知道，原來他有社交恐懼症。

張叔平在海內外電影頒獎禮獲得的獎項太多了，數也數不清，包括二○○○年康城影展卓越技術大獎。二○一四年他獲美國奧斯卡金像獎最佳服裝設計獎提名，我聽到消息興奮的打電話跟他道喜，卻被他教訓一頓：「你們這些人真是的，有甚麼好那麼高興的，好像給外國人提名就很了不起似的，有甚麼不同。」我猜肯定很多人都跟我一樣聲音提高八度的跟他道喜，雖然吃了一記悶棍，我內心卻是敬佩他有這樣的胸襟，這樣的淡定。確實，他的才華已不需要別人來評定。

張叔平的手指就像魔法杖，經他一點撥，電影的層次即刻提升，演員的演出因而加分，偶像歌星脱胎換骨。所有的大明星大美女都愛他，但是，很抱歉，我才是他的最愛。

有人説我們兩個很像，我們也自認為我是女版張叔平，而他，是男版林青霞，與他相知相識是前世修來的。

二○二○年九月

閨密

能夠被她納入知己的名單可以說是非常幸運的，尤其是唯一的紅顏閨密。

一九七九年年底，我離開電影圈，在美國待了一年半。一九八二年回港，電影的大環境改變了，許多新銳導演出現，徐克是其中最亮眼的一位，他找我拍戲。我們約在九龍北京道巷子裏一間叫Palm的地下餐廳見面，餐廳門打開，迎面而來的是一對非常特殊的男女，女的頭髮比男的短，服裝新潮，男的山羊鬍，藝術家氣質，是施南生和徐克。他們輕鬆的喝酒聊天，英語噼哩啪啦的，我彷彿見到不同世界的人。

施南生給人的感覺絕對是無敵超級女金剛，她腰桿筆直，服裝件件有型，每次見她都好像從服裝雜誌上走出來的人。我跟她有約時，會刻意打扮一下，自以為蠻好看的，一見到她，就知道我輸了，她總以為我是對她好才這麼說。可不是嗎，有一次我們在日本一家鋼琴酒吧喝酒聽音樂，日本人聽說有一位香港來的明星，都朝着南生微笑點頭，我高興的對坐在我旁邊的南生說：「他們認為你才是明星呢。」記得八三年我在嘉禾電影製片場拍攝徐克導演的《蜀山》，偌大的片場，烏煙瘴氣的，

八十年代，施南生與我於香港。

施南生與我於香港慶祝六十歲生日

打赤膊的工作人員叫嚷着打燈光，攝影師正在聚焦於我的特寫，我頂着一尺高的頭套，趴在高枱上，整個頭懸空在高枱外，等待拍攝下一個鏡頭。正感覺無聊得厲害，把頭往左一偏，突然發現一名女子一、二、三步跨進片場，在門口駐足，煙霧迷漫的片場透着大門外的強光，照射出那個窄裙、高跟鞋、短髮女子長長的身影，簡直是天外來人，不用想，必是施南生無疑。

施南生不算是美女，但是她的出現總會讓人眼前一亮，光芒蓋過周邊的大明星大美女。張叔平說得傳神，某次日本影展，張叔平和王家衛導演的太太正在吃早餐，施南生推門進來，她戴一副黑色太陽眼鏡，一身新潮打扮有型有格，逕自走到一張桌旁坐下，悠然的拿起一枝煙點上，兩隻手指夾着煙，手肘支在餐桌上，微微的揚起下巴，剎那間張大師和大導演太太都感覺自己好渺小。

我們是不打不相識。一九八五年我拍徐克的《刀馬旦》，按照計劃是拍完後，就跟南生去倫敦為周凱旋的戲院剪綵，然後直接去美國。沒想到計劃不如變化快，去倫敦剪完綵還要回香港再拍幾天戲。聽到這個消息我已經老大不高興了，沒想到去倫敦坐的是經濟艙，在飛機上睡覺莫名其妙的被一個小孩打了一下頭，到達酒店又發現化妝箱被偷了，樣樣事都不順心。第二天早上，見到南生在游泳池邊優哉游哉的吃早餐，我就跟她抱怨，結果沒説幾句她就哭了起來。老兄，我氣都還沒出夠，她一個女強人怎麼説哭就哭了，倒像是我欺負了她似的。她倒也好，哭完了，眼淚一擦就陪我大街小巷的逛，又買了一個新的 Louis Vuitton 化妝箱送給我。三十五年了，化妝箱到現在還保留着。後來才知道原來那天是她跟徐克的結婚週年紀念日，他們一個在香港，一個在英國，因為第一次沒有一起慶祝而暗自神傷。自此以後，我們開始互相體諒對方。

賈寶玉和林黛玉結的是仙緣，我跟施南生結的是善緣，因為拍攝她的「東方不敗」，之後我在香港接拍了許多武俠刀劍片，因而認識我的夫婿，在香港安了家。我和 Michael 結婚是施南生和徐克簽字證婚的，記得那天她穿了件粉紅色旗袍，是那種最傳統的款式。表面上她是一個現代先鋒女性，骨子裏卻是非常傳統，那天她像母親一樣，坐在我床邊殷殷交代：一，要我把英文搞好，她說因為Michael是企業家，需要用英文的機會很多；二，要我把電腦學好，將來跟孩子容易溝通。

二〇〇三年十二月三十日凌晨三點，電話鈴響，那一端泣不成聲，在抽抽泣泣、斷斷續續聲中我聽見南生說梅艷芳走了，我耳朵緊貼電話，「哭吧！把所有的悲傷都哭出來吧！」我說。她哭了好一陣子才掛電話，之後我睡覺就夢到南生和梅艷芳，第二天起床偏頭痛得厲害，腦神經一跳一跳的痛了好幾天，我想是因為分擔了她的極度哀傷而造成。這通電話讓我知道自己已入了她知心朋友的名單，因為她是那麼的要強，絕不輕易把脆弱的一面展示給外人看。

金庸先生說得好，南生是唯一的對老公意亂情迷的妻子。她是百分之百的癡情女子，將自己奉獻給她心中的才子，她崇拜他，保護他，把他當老爺一樣的服侍，她最高興的事就是徐克高興。情到濃時她跟我說，徐克是個藝術家，他需要火花，如果一天有個女人可以帶給他火花和創作上的靈感，她會為徐克高興。有一天那個女人真的出現了，她還是會傷心，我想盡辦法安慰她，她唯一聽進去的話，就是，「把他當家人」。從此她收起眼淚，表面上看不出她的痛，照常跟徐克合夥拍片，照常關心他，照常幫他安排生活上的瑣事。但她形單影隻，有時候跟她吃完晚飯送她回家，我在車上目送她瘦長的背影，踩着酒後不穩的步伐走進寓所，直叫我心疼不已。

施南生與我歐遊

（左起）施南生、鄭雨盛、
我和 Kim Robinson 於意大利烏甸尼。

施南生在影劇圈呼風喚雨，在中、港、台監製了許多引領潮流的大片。她帶領了港式喜劇潮流，代表作有《最佳拍擋》、《我愛夜來香》；她帶領了社會寫實片，最轟動的是《英雄本色》；她帶領了拳腳片，以李連杰主演的黃飛鴻系列為主；她帶領了武俠刀劍片，以《笑傲江湖之東方不敗》為首。大陸電影市場開放，她以最新技科監製了許多3D電影，如《狄仁傑》系列。

二〇一七年二月十日，施南生獲得第六十七屆德國柏林國際電影節頒發「柏林金攝影機獎」（Berlinale Camera），這是一項類似終身成就獎的殊榮，表彰國際上傑出的電影製片人，南生也是有史以來第一位獲獎的女性製片人，這是她一生的最高榮譽。早在二〇一五年五月，南生已經拿了意大利第十七屆烏甸尼遠東電影節頒發的「金桑樹終身成就獎」，巧的是二〇一八年四月二十二日，我也獲頒了同樣的一座終身成就獎，南生站在當年她領獎的舞台上頒獎給我，這對我們二人都意義非凡。二〇一三年十月，南生獲法國政府頒授法國藝術與文學軍官勳章，我帶着三個女兒到法國駐港領事的官邸分享她的榮耀。她一生獲獎無數，不勝枚舉，每一次領獎她必定會感謝一個人——徐克。

南生不喜用「閨密」二字形容友情，我也不喜歡「閨密」這個新詞彙，但是我跟她旅行經常睡一張床，大被同眠，半夜三更聊起各自的初戀情人，咯咯咯的大笑聲在空氣中蕩漾。她是做事的人，不會在電話上聊天，也被我訓練得一聊就是半個至一個鐘頭，這樣的友情也只有「閨密」二字可以形容了。我上台怯場，二〇一八年香港國際電影節為我舉辦了「林青霞電影展」，三月三十一日，施南生和我有個對談，她事先在家裏做好功課，到了現場時跟工作人員說她只是陪襯，要他們把我的燈光打好就行，不用管她。我知道她會保護我，放心的把自己交給她，那是我這輩子做得最自然、最成功的一次訪談。

南生是個出了名的孝女，施伯母臥病在家調養期間，南生服侍得無微不至。每年伯母生日，我們一眾好友都會到施家吃福臨門酒家到會的菜。伯母愛打牌，南生下了班就陪伯母打幾圈，但她從來沒有出去打過。有一次楊凡過生日，在中餐廳舉辦一場麻將比賽，她應邀參加，我們二人一同前往，她一派上海高貴淑女裝扮，手上挽着皮包，一面走着一面喃喃自語微微害羞的說：「從來沒有跟別人打過牌，現在居然去餐廳打，還要比賽，真是不敢相信。」我暗自偷笑。那天有四桌，我跟南生、張艾嘉、賈安宜一桌，張艾嘉不停的放炮，南生獨家大贏，她很過意不去，拼命的放張給艾嘉，不料越放還越旺，有一付牌簡直是奇牌，十六張牌她槓了五槓，手上只剩一張牌，最後還自摸了。這把牌大得不得了，對對胡的五暗槓。結果她得了麻將大獎，獎品是黃金做的「中」、「發」、「白」三顆大麻將。我跟她說：「這是孝感動天，老天讓你得獎回家討媽媽的歡心。」

施南生把我的女兒們當成自己的兒女在愛，女兒們也當她是第二個母親。她想到自己十六歲時去了一趟非洲，令她眼界大開，因而影響了她的一生。在愛林十五歲，言愛十歲那年，特別為她們安排了一趟南非之旅，讓她們在大自然裏近距離接觸獅子、老虎、大象和許多野生動物。她冒險的帶着孩子們搭乘熱氣球，從空中俯瞰地面景物，感受置身雲層的滋味。參觀南非總統曼德拉住過的監獄，聽導覽員講述他在獄中的大愛精神和堅韌毅力。她一再強調非洲之旅，對於拓展孩子的世界觀會起很大作用，他們會永遠記得這個旅程。

旅途中有一天愛林若有所感的輕聲問我：「媽媽，南生阿姨會不會很寂寞？如果阿姨有需要，我願意親身照顧她。」言愛在母親節會多送一份禮物給她，並附上一封文情並茂的卡片，那封信比寫給我的親多了，南生看了感動得流淚，珍而重之的收藏着，我一點也不嫉妒。她們知道我在寫南生，言愛說，「你一定要把她的優雅寫出來」。愛林說，「希望你把她的漂亮和她內心的愛寫出來」。

不認識施南生的人或者會感覺她高不可攀、難以親近，如果進入她的內心世界，你會想像不到她內在的溫柔和情意，這跟她酷酷的外表完全兩樣。她有一套獨門武功，只要興致來了，她會用英文模仿德國、新加坡、印度、大陸和香港空中小姐的廣播口音，加上各國慣有的動作、表情，演得惟妙惟肖，次次都引得滿場拍枱拍椅的轟然大笑，並且數十年來屢試不爽，這是她的葵花寶典。

施南生關懷社會、同情弱勢族群，參加許多公益活動，也擔任蕭芳芳創辦的護苗基金副主席。喜歡一個朋友容易，尊敬一個好朋友並不多見，我對南生是超越了尊敬。

尤其是聽到她說，她已簽了同意書，決定身後把器官捐獻出來做醫學研究，其後化做春泥滋養花樹的成長。她把她的愛獻給了徐克，把她的聰明才智獻給了電影事業和社會大眾，未來還會毫不吝嗇把她的身體獻給宇宙大地。

施南生叱咤風雲凡數十年，我真希望她能退下火線，輕輕鬆鬆過她喜歡過的日子，如果還能享有那麼一點浪漫情懷那就更好了。

二〇二〇年六月

知音

世界這麼大，地球上有七十多億人，我剛好在那個時間點與她交會。

兩年多前，我跟金聖華到九龍文化藝術中心聽莫斯科交響樂，聖華去櫃枱拿票，我為了躲避人群，站在稍遠四下無人的地方。沒多久，聽到身旁有一女聲「對不起！」我以為是有人找我簽名或拍照，回頭見到一位直髮齊肩、身材苗條、黑色衣裙打扮的女子。她自我介紹是台灣光華新聞文化中心主任，遇到我禮貌上應該跟我打個招呼。之前幾位主任我都見過，她是新上任的。最讓我覺得有趣的是，她拿出一張名片：「我可以給你一張名片嗎？你看起來這麼優雅高貴。」好像一張名片會破壞我的優雅高貴似的，我感覺她謙遜得可愛，馬上接過名片：「當然，當然。」那天我一身米白針織短袖上衣，同質地貼身長裙，胸口別了一大朵粉紫色花別針，手上執着象牙色緞子小布包，腳踩米色蕾絲鞋頭鑲鑽平底鞋。老實說，平常我也沒那麼優雅高貴。她說她寫作二十年，出了許多書，我眼睛一亮。因為自己喜歡寫作，跟作家特別有話聊，原來我們還有一位共同的朋友，馬家輝的妻子林美枝（筆名張家瑜）。

二〇一九年，胡晴舫與我
於新加坡。（余雲攝影）

回家之後念念不忘這名黑衣女子，她有一種魅力，讓人想親近她，想為她做些甚麼。我主動找林美枝約她出來喝茶。她喜歡走路，又住得離我很近，我們經常相約午後繞着山頂一圈兩圈的走，有時候行完山會坐在山頂餐廳花園，欣賞夕陽、薄霧、微雨談天說地。那時候有一部電影《以你的名字呼喚我》（*Call me by your name*）獲得美國奧斯卡電影展多項提名，我們兩個都喜歡這部戲，對兩位男主角更是着迷得不行。她是戲劇學碩士，在山路上會跟我分享這部電影值得欣賞的地方，我們談每一個角色，談論他們的演技，討論電影裏的對白，談配樂，談演員的真實人生，兩人沉醉在《以你的名字呼喚我》。前所未有，我看了接近十遍，她看了超過十遍，我們有了共同的語言，距離也很快的拉近了。

她形容我們的感覺像兒時玩伴。我們會在颱風過後像孩子一般，穿梭在倒塌凌亂的樹幹間，搖着樹葉拍短片。我們去日本旅行，她帶着我從東京搭地鐵再轉巴士到鎌倉去看海，她帶我去三層樓高的大書店裏喝茶，我們坐在淺咖啡皮的巨型舊沙發上翻書，旁邊小桌一座昏黃的枱燈照在書頁上，前面長桌茶杯裏冒出的熱氣往上升，我們二人愉悅的沉醉在書香的世界裏。去日本旅行無數次，從來沒有做過這些事，有她作伴，在哪裏都是愉快的、長知識的。我說她是我街上撿來的朋友，她說我才是她街上撿來的，就是因為互相撿到，做朋友才沒有負擔。

無論如何她也是代表台灣在香港的文化官員，通常像這樣主任級的人物，出入都會以小轎車代步，我看到的她，出入搭乘的不是地鐵就是巴士，從來沒見過她坐轎車，一身黑色便裝，配一個黑背包，永遠是一雙球鞋，表情像桀驁不馴的文青，偶而戴着圓圓的近視眼鏡，就像個女徐志摩。有一次見她穿一件藏青色長到腳踝的大衣，緩緩向我走來，配上齊耳的直髮和慣有的表情，儼然一名女武士。

她第一次到我家，發現我書架上的書、臥室床頭的書、洗手間裏的書，驚喜的說：「我可以擁抱你一下嗎？想不到你有這麼多書。我發現你看的都是老作家的書。」她不說我還不覺得，「欸，對嘢，你是我藏書中最年輕的作家。」

她的短篇小說《懸浮》讓我驚艷，每篇都有意想不到又驚心動魄的情節，幾乎篇篇都自然的談到死亡，讓你體會到死亡確實也是生命的一部份，無須害怕，也不必驚訝。看她寫的《人間喜劇》，每一篇都是一個劇本，鏡頭都好像分好了似的，書名是喜劇，內裏卻隱藏着濃厚的情感和人生哲理，看了會心微笑，我愛不釋手，即刻介紹給姜文，好導演應該與好題材相遇。她最新出的一本長篇小說《群島》，是以網絡為故事結構，書寫網路時代帶給人類一些不可預測的情結，最終那錯綜複雜的網又自然的連結在一起，非常接近時代的脈絡，對我可以說是好好的上了一堂互連網課程。《群島》獲頒二〇二〇年台北國際書展小說首獎，同時入圍香港紅樓夢獎最後決審。她的作品涉略的範圍又多又廣，有關於辦公室的小說、有關於女人的故事、有旅遊的思考、有關心社會議題的，我越挖越深，越看越覺得她高大，在她的作品裏、在她的為人處世中，我認識了文人的風骨。

前陣子，有位藏書家朋友林冠中送了幾本日

本作家太宰治的書給我，我讀了驚艷不已，跟她分享。她滔滔不絕的告訴我太宰治最出名的代表作是《人間失格》，他的名言是「生而為人，我很抱歉」，他和女人們的關係，他一生自殺六次，三十九歲自殺身亡。我趕快再去多找幾本來看，突然發現原來太宰治有一次跟一名女子跳海自殺，女人喪命而他存活了下來的地方，就是我們在日本看海的鎌倉，這不就是《群島》的主題嗎？世上所有人終於是相連的。從此我們又有了一個共同着迷的作家了。

雖然拍過一百部戲，從來不認為值得拿出去做個人電影展，所以海內外的邀約都被我推掉了。她提議在二〇一八年的香港國際電影展舉辦「林青霞電影展」，我沒有多加考慮就答應了，是因為跟她有關，我希望她在光華新聞中心任期內的工作有我的參與。她推廣台灣文化不遺餘力，為香港帶來台灣的京劇《快雪時晴》、林強的音樂、蔡

胡晴舫與我

明亮的電影和藝文講座，場場爆滿，辦得有聲有色相當成功。

二〇一九年台灣文策院邀請她回台擔任院長一職，推廣台灣文化到世界各地。在我眼裏，她是一個國際旅人，有寬廣的世界觀，以她從事文化工作多年的經驗和對社會的關懷，這個位置捨她其誰。雖然少了一位知心的行山伴侶，但想到她將身負重大的使命，我也非常鼓勵她回台。

常常心中暗喜，上天賜我一個知音。我亦不負上天所望，讓這份緣在今生開花結果。

二〇二〇年六月

江青總是在笑

這裏是凌晨四點半，那裏是晚上九點半，二〇二〇年三月二十六日。我在澳洲，江青在瑞典，剛通完微信，她要我為她的書寫序，我一口答應，在躲避新冠病毒的日子裏，我也不是看書就是寫字。

和江青見面次數不多，自從雙方交換微信之後，經常通話，雖然我們年齡有點差距，生活圈子也不同，但我們卻有說不完的話題，她人生經驗豐富、見多識廣、熱愛創作，在她的言談中，我認識了許多傑出的藝術家和德高望重的文學家，也對她的做人處世哲學感到欽佩。她在瑞典家中避疫期間寫了好多篇好文章，又催生了一本新書，在取文章的題目和書名，她是挺相信我的，這本書她原想取名《唱我的歌兒》，我說太孩子氣，不如用《我歌我唱》響亮點。

江青與我於武夷山天游峰峰頂（柳浩攝影）

以下是去年跟她旅行的一些記錄和對她的印象，就以此篇作為《我歌我唱》的代序。

江青一身是故事。

她十六歲離開大陸，十七歲在台灣拍了第一部電影《七仙女》。那年我九歲，跟鄰居大姐姐好不容易擠進台北縣三重市一家舊戲院裏，在人群中站着看完整部戲。我喜歡看電影，喜歡美麗的電影明星，看着七個仙女從雲霧裏飛舞着下凡塵，好生羨慕，當時心裏在想這個飾演七仙女的江青，彷彿在天上的雲層裏，是我永遠無法接近的。

她演《西施》的時候我讀初中一年級。《西施》是花費鉅資的大製作，有許多盛大的戰爭場面和宏偉的宮廷佈景，又

《西施》劇照

是大導演李翰祥執導的。六十年代初在台灣相當轟動，幾乎是所有學生必看的電影。經過了半個世紀，有許多畫面依然記憶猶新。如西施的在河邊浣紗的出場、西施第一次見吳王夫差因心絞痛皺眉捧心的畫面、為取悅吳王在響碟廊的樓梯上跳舞的畫面、吳王被刺西施因為與他日久生情一時不能接受而傷痛欲絕的畫面。那個時候江青簡直紅翻了天。劉家昌帶她到台灣大學附近巷子裏吃牛肉麵，大明星覺得有趣；劉家昌買了一枚八十元的戒指向她求婚，大明星覺得浪漫，她在最紅的時候嫁給了劉家昌。

她二十歲結婚，二十四歲就離婚了。那是一九七○年的事，報紙天天大篇幅報道他們離婚的消息，新聞是熱鬧滾滾、沸沸揚揚，有一張劉家昌含淚抱着四歲兒子衝

《西施》劇照

出記者招待會的照片至今記得。江青則完全沒有回應，靜靜的消失了，自此以後江青就像人間蒸發了一樣，再也沒有她的消息。

一九七八年我和友人及密宗大師林雲去紐約旅行，有一天早上有人按我旅館房間的門鈴，我睡眼惺忪的起床開門，簡直就像做夢一樣，眼前見到的，居然是下了凡塵的七仙女；居然是美若天仙的西施。我半信半疑的問：「你是江青嗎？」她微笑的點頭，說她是來找林雲大師的，我們在房裏等林雲從隔壁過來時，一時不知該說些甚麼，她先開口問我貴姓，我說姓林，她說你是林雲的妹妹？我說不是，我是林青霞，她恍然大悟，忙說「對不起！對不起！」那年她三十二歲，已是傑出的現代舞蹈家，我二十四歲，已經拍了七年的電影。自此又過了許多年。再度見面時她六十多我五十多。那次龍應台在港大的沙龍有一場羅大佑的演講，應台說江青會來，我很高興又有機會遇見她，那是我們第二次見面，這次我們聊得比較多，也很投契，從那時候起，我們有了來往。

人生的際遇非常奇妙，我們兩個電影人竟然寫起文章來，而且兩個人的文章經常在《蘋果日報》星期日的「蘋果樹下」，和《明報月刊》相會，在大家文章刊登出來前，已經互通電郵先睹為快了。

江青是個崇尚藝術創作的電影演員、舞蹈家、作家，她非常勤奮，即

江青與我在往深圳的火車上，好心人拍攝。

江青與我
於金門播音牆前
（柳浩攝影）

使七十高齡仍然不停的創作，已經出過好多本散文集，更寫了一本她老師的傳記小說《說愛蓮》，最近還自己提筆寫劇本，希望有一天能拍成電影。我說她像苦行僧，所有得到的成就，都是一步一腳印流血流汗得來的，她說她像搓板，所有的成績都是自己辛辛苦苦一點一點慢慢搓出來的。在她的人生旅途中接觸過許多傑出的企業家、藝術家和大學問家，有時跟她聊天不經意的聊起一些名人，令我驚訝的是，這些人大部份都是她相識多年的老朋友。她愛說故事，我愛聽故事，這些大人物的小故事透過她的筆尖，特別生動、傳神、有趣。她寫李敖的少年輕狂和如何度過口袋空空的日子，好看極了。她寫大學問家夏志清的天真、詼諧和口無遮攔，令人捧腹大笑。有一次江青專注的在舞台上跳舞，被觀眾席裏夏志清響徹雲霄的一聲「好！」嚇得魂飛魄散而忘了舞步。

在她第二任先生比雷爾去世十週年後，她寫了一本書《回望》，追憶她們的相識、相知和生活的點點滴滴，比雷爾是瑞典科學家，他們在朋友家初次相遇時，比雷爾教她把「啤酒」和「耳朵」的英文字連在一起唸（Beerear），那就是他名字的發音。她則把剛在瑞典演出期間，觀察到的社會現象說給他聽。那個聚會，二人都給對方留下了深刻的印象。所以才有紐約的七仙女從天而降，西施站在我房門口的畫面。因為他們要結婚了，第一次婚姻帶給她太大的傷痛，談到婚姻她還是有陰影和恐懼，所以想找林雲大師解一解。大師說，我可以教你，但是你一定做不到。林二哥教她下飛機時要先踏出左腳，結果出機門時被後面的人一擠，也不記得是先踏哪隻腳。她想這麼簡單的事，下次一定記得。他們是在瑞典駐葡萄牙的大使館註冊結婚的，剛巧端典大使是比雷爾的朋友，大家一見面驚喜的打招呼，又忘了是哪隻腳先進去。

不管是先出左腳還是先出右腳，從她的文章裏可以看出，她第二次婚姻是幸福的，他們生了一個兒子，三人住在一個屬於自己的瑞典小島上。比雷爾喜歡打魚，這個研究血液凝固的科學家，魚網和工具、打魚的技巧和數量都不輸給專業漁民呢。幸福的日子總是過得快，比雷爾因病

與江青於武夷山天游峰山頂（柳浩攝影）

去世，江青轉身寫作，出版了五本書。去年，在比雷爾逝世十週年，她寫了一本《回望》懷念他，思念之情溢於言表。島上有一塊大石頭桌面，是他們享受快樂時光用的桌子，現在變成比雷爾的墓碑。

江青開始用微信，我們連上了線。自此一個瑞典、一個香港經常在夜深人靜的時候，她一杯酒、一個電腦寫劇本，我一本書、一枝筆看書畫線、寫文章，偶爾停下來聊聊天，經常聊到她入了夜，我天亮了，雙方才關燈睡覺。

江青想去廈門、鼓浪嶼、金門、武夷山，我說「好，我跟。」她說搭高鐵去廈門，我說「好，我搭。」她說叫我自己坐火車到廈門，我說「我帶保鏢。」他說「不准！」情願到香港陪我一起去。其實我對這些地方一點認識都沒有，只是想跟江青一起出遊，她說怎麼樣就怎麼樣，她說住翁倩玉老家的古屋，我把毛巾、牙刷都帶着。朋友都嚇我說這個時候天氣太熱，蚊蟲又多，有人送迷你風扇，有人提我帶蚊怕水。我只是一腦門子跟江青出遊。

七月二十五日我們一個六十四歲一個七十三歲，兩人拖着三個行李，七十三那個一拖二，一馬當先，走得飛快。六十四那個拖着一個行李緊緊跟隨，過了一關又一關，好不容易到了火車邊，車已關了門。我們望着慢慢開始啓動的火車，茫茫然，心想，這火車真是準時。因為當天已沒有直達廈門的火車，我們只能到深圳轉車，還不知到時有沒有票，到了深圳還得出閘買票，只有走一步算一步。兩人好不容易坐進前往深圳的火車，正神情惘然的喘着氣，只見前面一男士拖着手提行李進車廂，他認出了我，說剛在飛機上看我的電影，這位好心的男士，一路幫我們打聽可不可以網上購票，又帶我們出閘，幫我們找買票的窗口，我們二人就跟着他走，直到一切安排妥當他才離開。

從來沒去過廈門，只是學生時代，老師帶我們去金門，用望遠鏡遙遙的看到廈門的農夫在田裏工作。這次到廈門，見到這城市非常現代化，綠化也做得好。街頭兩旁綠油油的樹，地上一張紙屑都沒有，食物也好吃。晚上江青的畫家朋友吳謙，貼心的安排我們入住一個非常特別的地方，隱私性極高，車子開進大閘，古雅的街燈映照着車外兩旁的草地和巨樹，要開一段路才見到右邊的一座房子，上了二樓只見中間一個大客廳，一邊一個大房間。廳外還有一個空着的小房間是給隨從住的。半夜三更我們洗完澡換了睡衣，準備開一瓶吳謙預備的紅酒談談心。二人輕鬆的走出房門，兩邊的門「啪！」的一聲關上，「糟了！房卡插在房裏的牆上，門自動上鎖，客廳竟然沒有電話，我們手機又在房裏，外面黑鴉鴉一片，整座樓就只咱倆。」我說看樣子只有睡客廳了。二人還是摸黑走到樓下，突然發現一座米白色的電話，我趕快拿起電話，幸好有人接，「喂！喂！我們的房卡給鎖在房裏了。」一個六十四，一個七十三，一天擺了兩次烏龍還哈哈大笑樂在其中。

鼓浪嶼這小島真有特色，島上沒有車子來往；許多當年留下，現在空着的富豪之家，僅供遊客參觀；鼓浪嶼出了許多鋼琴家，是鋼琴之都，聽說到了黃昏就有鋼琴聲從屋裏傳出來。漳州市東山的風動石更是奇妙，兩塊偌大的石頭，接觸點竟然小如巴掌，風大時，石頭會動，但永遠掉不下來，因此譽為天下第一奇石，我和江青開心的在巨石前留影。

金門印象最深刻的是參觀播音牆，數十個大喇叭對着廈門的方向，喇叭裏傳出鄧麗君對大陸的深情喊話，之後就是小鄧溫柔悠美的歌聲。聽着鄧麗君的廣播和歌聲，我和江青也同時憶起自己當年和她交往的日子，以及到金門的情景。

武夷山，山明水秀，導遊說當地有二十萬人，人和蛇的比例是一比五，我說那表示這兒有一百萬條蛇囉。晚餐桌上想當然而有蛇上桌，也品嚐了聞名的武夷山大紅袍茶，酒醉飯飽，朋友提議不如散散步。雖然聽到幾聲散雷，心想不礙事。沒想到走了一會兒，突然下起暴雨，狂風驟雨來得急，我們無處藏身，好不容易找到一個屋簷可以暫時避雨。武夷山腳下望着眼前嘩啦啦的大雨，隔着水簾竟然見到若隱若現的橙黃明月，好有詩意。這時候真想作首詩應應景，怎知才疏學淺，只想到我和江青姊名字裏都有個青字，我一身白衣，兩人撐着一把傘，踩在隨時都可能有蛇出現的青草地上，我在江青耳邊輕輕說：「這時如果有

江青與我在金門地道裏（二〇一九年，柳浩攝影）

個許仙出現多好。」

聽去過武夷山的人說，到了武夷山，如果不爬最高峰就不算到過武夷山，但爬上山的人就是傻子。七月天正值酷暑，頂着攝氏三十八度的高溫，吳謙體貼我們，不想讓我們做傻子，租了轎子爬武夷山天游峰，轎夫挑了幾步，我忙叫下轎，自己登山。記得許多年前爬不丹的虎穴寺，領悟到，到達目的地的過程就好比人生的旅程，所以一路精進，衣服濕了、褲子濕了也不以為苦。我們上山，前方下山的旅客，看見轎子上我的背包，戲謔的說：「這包包倒是挺舒服的。」江青膝蓋不好，不方便爬山，一路坐轎，不慣被人服侍的她，非常過意不去，我的轎夫因為我不肯坐轎也很過意不去。到了山頂吸呼天地之大氣，欣賞氣壯之山河，感覺真是上了天了，我和江青手足舞蹈，一人一把紅扇子舞了起來。回到山下，導遊說我來回總共爬了六千個階梯。真是不敢相信，平常爬上坡和樓梯都有點吃力，這會兒也不知哪兒來的力氣。

這次和江青的大陸之旅，見識了許多名勝古蹟、好山好水，也做了些平常不會做的事，感覺非常充實，最重要是與江青一起出遊。

江青睡前喜歡喝杯紅酒，這是我到她房裏聽故事的最佳時刻，她一身棉紗寬鬆長裙，起身拿杯子倒酒，見她背影，長裙飄逸宛如仙子。她灰白的自然鬈髮，臉上的紋路和數十年磨煉出來的芭蕾舞腳，不用多話，這些都是故事。江青總是在笑，說到淒苦的事，她笑，那個笑聲是空的，讓人聽了心疼。說到溫馨的事，她笑，笑聲甜美，也讓人感染到她的喜悅。她的話語都像是分好鏡頭一樣，都是文章、都是畫面，特別吸引人。通常名人、明星說話都有保留，她跟我談話似乎毫不設防。但她也曾選擇沉默，吞下了半個世紀的委屈和苦水。身為一個母親，我非常了解離開幼兒不能相見的痛苦和折磨，尤其是看了她寫的「曲終人不見」章節裏，媽媽對兒子的思念之情。這是她一生的憾事，我只能勸她隨緣。我常在想，像她這樣的遭遇之所以不會得精神病，或許她是把委屈和苦水化成了動力進行創作，舞出了另一個世界。金馬影展五十週年，她從瑞典飛回台北頒獎，執委會覺得奇怪，怎麼她飛得最遠，機票錢最便宜。原來她坐的是經濟艙，她說這沒甚麼好奇怪，她從來都坐經濟艙，因為她要把每一分錢都花在創作上。她說她在現實生活中一輩子沒染過頭髮，沒修過指甲。眼前這位大明星、大舞蹈家竟然如此之樸實，實在難以置信，我瞄了瞄手指上的寇丹和一頭黑髮，一時也不知說甚麼。

最後一晚，到江青姊房裏聊天，她手舉一杯紅酒優雅的坐在沙發上，那種美是她一生在舞台上、是她一身的故事浸淫出來的，我在心裏讚嘆着。雖然演了大半輩子戲，一上舞台就怯場的我，在這最後的一夜，怎麼都得請她過兩招給我，要她教我怎麼在舞台上出場和謝幕最好看？她即刻起身，張開雙臂從房門小跑步到客廳中央，兩手疊在胸前俯首微笑。噢，我說，原來要小跑步啊？謝幕時鞠躬後要面對觀眾往後退，最後再轉身離去。噢，我說，要這樣退啊？夜深了，第二天她要赴北京為她的電影夢想《愛蓮》奔走，我則回到香港的家。我與江青緊緊的擁抱後退出了她的房門。

八個月前，我和江青徜徉在無限歡欣的旅程中。自從二〇二〇年到來的前兩天，李文亮吹出第一聲哨子，整個世界日漸進入備戰狀態，所有的一切都改變了，我們沒有一刻不關注疫情的發展，大家各自待在自家的範圍，經常互通信息互傳文章。她放下了羅馬歌劇院的編舞排練，在瑞典自我隔離，但她沒放下創作的熱情。拿出了《說愛蓮》的劇本，準備進行改編成電視劇，拿出了《回望》，準備在大陸出書。很欣賞她這種活在當下、鍥而不捨的精神，她找我寫序，當然是義不容辭。祈望二〇二〇年的新冠肺炎疫災很快過去，世界回復正常運作，我們也可以實現之前計劃的敦煌之旅。

二〇二〇年三月二十六日於澳洲農場

不是張迷

如果不是新型冠狀病毒襲港，黃心村會每星期做三次熱瑜珈，那麼我們就不會每個星期一結伴行山，我也不會有山頂八十分鐘的文化之旅。

黃心村是加州大學洛杉磯分校東亞語言文化系博士，在威斯康辛大學任教多年，現在是香港大學比較文學教授、系主任，非常斯文有氣質，講話不急不徐清清楚楚。我最近幾個月都在讀張愛玲，今年適逢她一百週年誕辰，許多文學雜誌都做她的專輯，我和心村兩人互相贈送有關張愛玲的書籍，她寫張愛玲，我也寫張愛玲，彼此先睹為快，樂此不疲。雖然和她認識不久，但有一個共同喜歡的人物和話題，讓我們在綠樹成蔭的山路上咀嚼張愛玲的語句、談論她周圍的人和事，消磨了許多個愉快的星期一下午。

心村有一篇文章〈劫灰燼餘：張愛玲的香港大學〉，重新梳理張愛玲和她母校香港大學的因緣，以檔案資料為佐證，還原一些模糊的歷史影像，釐清一小段戰亂時期的人文經驗。我跟她說這個題目把香港大學說小了，應該是「香港大學的張愛玲」。她笑說她是故意的，竟然被我發現了，她是想通過張愛玲重寫港大的那一段歷史。余光中說，如果作家和詩人把一個地方寫得好、寫得出名，那個地方就是屬於他們的，香港大學是屬於張愛玲的。相信許多喜歡讀書的人都會想在港大尋找張愛玲的影子。心村策劃的張愛玲線上文獻展很快會揭幕，她說等疫情過去會把港大馮平山圖書館（張愛玲曾經在轟轟的炮彈聲下，專心看《醒世姻緣》的地方）闢為張愛玲的展覽場所，讓喜愛文學的人能夠爬梳劫灰，重拾燼餘，再探張愛玲的經典。

雷兆輝攝影

心村在〈光影斑駁：張愛玲的日本和東亞〉一文裏，對張愛玲和李香蘭的世紀合影，有鏡前和鏡後的詳細說明和分析。那張照片張愛玲坐在前面的白椅上，李香蘭侍立於一旁，據張說是因為她太高，兩人站在一起不協調，所以旁人拉了一把椅子讓她坐下。摘錄一段心村對鏡前的分析：「這樣的構圖十分蹊蹺，安排張愛玲坐着，李香蘭站立一旁，兩個主角仍然是一高一低的，畫面分布比兩人同時站立更加不平衡，攝影師顯然無法使兩位主角的視線統一。李香蘭以她一向單純懇切的眼神認真注視着攝影鏡頭，而張愛玲則明顯是個難以被鏡頭控制的麻煩角色。她的側坐姿勢挑戰着鏡頭的中央權威，干擾了構圖的平衡。她膝下露出的交叉的雙腿撇向畫面的左方，而她充滿疑竇的眼神則又

投向畫面的右方，姿勢中充滿了矛盾和隱隱的對抗。」我初看這張照片，也覺得十分不妥。我想張愛玲是刻意要有這樣的神情和姿勢，因為下一張團體照，後面一排人站立望着鏡頭笑，只有她一個人依舊坐着，姿勢不變，不看鏡頭也不笑，畫面怪異而有戲劇性。這個茶宴設在上海咸陽路二號，日期是一九四五年七月二十一日，距二戰終結與日本投降僅相隔不到一個月。再引述一段心村鏡後的分析：「在所有報道中，它皆被描述為一個眾星雲集的場合。至今為止，當地傳媒何以對日本即將落敗的蛛絲馬跡如此無感，因而在帝國崩毀前夕，仍大張旗鼓為那場盛會錦上添花，其背後的原因，仍然成謎。我們唯一確知的是，張愛玲與李香蘭，兩位上海淪陷區的文化人代表，出現在同一張照片裏。而這張照片，似乎凍結於永逝的往昔時光中，不因任何今非昔比的現實而黯然失色。」

我翻看心村給我的上海四三年至四五年的《雜誌月刊》，和《天地雜誌》，想像着抗日戰爭如火如荼之時，在孤島上海這樣的亂世，張愛玲、蘇青、潘柳黛、施濟美、潘予且等人抓住這短暫的三年零八個月，仍能爆發出那麼多犀利的文字。想到現今世界人人都感受到二〇二〇年是最令人不安的一年，心村也非常鬱悶，我跟她說我們要像吳哥窟千年巨石間開出來的小花一樣，在夾縫裏找尋快樂的因子。我們二人互相激勵埋頭寫作。

心村就是我的甘露，讓我在夾縫中得到文化滋養的喜悅。

黃心村七歲開始讀《紅樓夢》，比張愛玲還早五、六年，當時雖然不懂，但是有興趣的。她重看不知多少回，最近還約我一起讀。她是文學教授但不教《紅樓夢》，也不寫《紅樓夢》，我猜她是把曹雪芹筆下的人物都當成了自己的家人和朋友保護着，她要把他們的愛深深的藏在心底裏。她的博士論文〈寫在廢墟〉談的是以女性為主題的文學和通俗文化，張愛玲是其中最亮眼的一位，我和心村都特別欣賞張愛玲在一九四三年至一九四五年的作品，不過心村又說，最讓她震動的張愛玲作品是那部未完成的《異鄉記》，是一部未完成的傑作，它是張愛玲後期寫作的源頭，旅途筆記有很多不是很完美的地方，但也正是這些不完美處才更能體現她獨特的角度和筆觸。

九十年代中期心村在修博士學位，到上海圖書館尋找資料，蘇青辦的《天地雜誌》、胡蘭成辦的《苦竹雜誌》、柯靈的《萬象雜誌》、柳雨生的《風雨談》……，淪陷上海的大小出版物她大多通讀了，做了詳細的筆記，並影印不少資料。她說那段時間她早上八、九點就去了，一直翻到下午五點，她沒戴口罩，弄得滿頭、滿臉、滿手的灰塵，中午人家吃飯去，她還在挨餓挨渴的影印，並且還要看管理員的臉色。我想像着一名纖瘦有

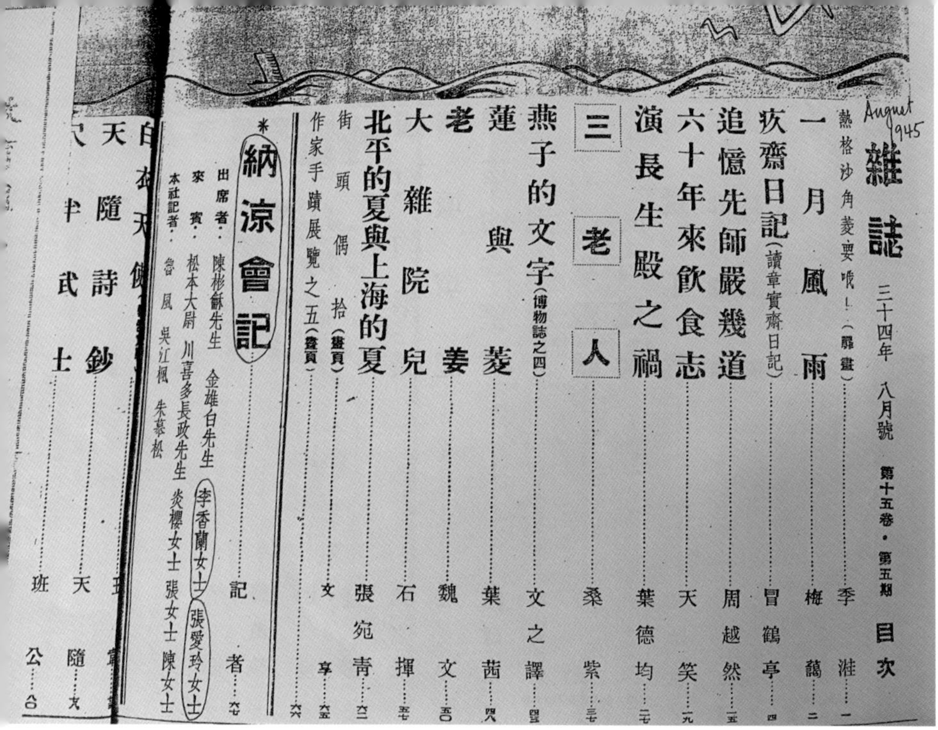
雜誌 三十四年 八月號 第十五卷・第五期 目次

August 1945

一九四五年上海《雜誌月刊》

書卷氣的女學生，在滿佈塵埃和易碎的舊紙堆中，堅持而專注的埋首在文字裏，這個畫面放在電影裏一定很有味道。她說為歷史人物和歷史文本做傳，就是要沾一點歷史的塵埃，吸一吸舊紙的霉味，寫起來才有質感。寫完博士畢業論文，她告訴自己該放手去做別的課題了。在美國學界打滾了十多年後，因命運的召喚來到港大，去年開始重新拾起張愛玲。

我見心村為愛玲花了如此大的心血，問她是不是張迷，她說她不是，也不能做張迷，這樣便可以堅持站在鏡後，保持距離觀望。她說要想做個好的研究者，必須要有距離。

二〇二〇年九月二十日

情字裏面有顆心

從烏甸尼到香港的回程中，機上的乘客多數睡着了，想到施南生這些天為了我的事，費盡心力、奔波勞累，臨上飛機還因為腳腫去看了醫生，必定是疲勞過度，見她的電視熒光幕還亮着，我走過去慰問她，她滿心歡喜的問我：「這次獲得終身成就獎開不開心？」望着她閃爍着光芒的眼睛，我真心的說：「烏甸尼遠東國際電影節頒給我這座獎，我是受之有愧，但可以藉此機會感謝在電影生涯中幫助過我、影響過我的人，還是值得高興的。在遠赴意大利拿獎的過程中，我所感受到的友情和親情才是最珍貴最值得我珍惜的。」

三個月前施南生受烏甸尼國際電影節之託，請我去領終身成就獎，當時我還不知道有這個電影節，施南生說有兩位意大利人 Thomas 和 Sabrina，因為看了《重慶森林》，開始對遠東電影產生狂熱的興趣，於是興起創辦電影節的念頭，現在已經辦得很有規模，烏甸尼也因此而出名，二〇一八年是電影節創辦二十週年。這兩個意大利人能夠把遠東電影成功的傳播到歐洲，這種追求夢想的精神和毅力令我動容，同時我又是《重慶森林》的女主角，這是一件非常有意義的事，再加上施南生願意陪我去，我就答應了。

本來女兒愛林要同行，結果因為學校的事必須取消行程。我和南生從香

邢愛林與我（二〇一八年）

（左起）Sabrina、施南生、Thomas、我和邢愛林。

港出發，先在威尼斯待三天，再開車去烏甸尼。南生事前為愛林安排的威尼斯文化活動，有金箔製作工廠，有夜晚參觀聖馬可大教堂，有歌劇表演，我們還是照樣參加。原來24K的金箔可以吃，可以放在茶裏喝還可以敷臉讓皮膚繃緊和細緻，我想愛林一定會喜歡。夜晚參觀聖馬可教堂，教堂裏一排排的燈光漸次點亮，看到鋪滿金箔的牆壁和天花的鑲嵌畫，看到大理石地板上，各種不同顏色和形狀的碎塊，棋盤形排列的鑲嵌工藝，就會想到學設計的愛林，如果她在，一定會有很大的啓發。這次看歌劇的形式非常特別，不同的場景在不同的房間和樓層，整齣戲觀眾和表演者換了三個地方。因為沒有台上和台下之分，彷彿觀眾也是戲裏的一分子。唱的是意大利文，我們雖聽不懂，但感受到女主角的悲苦悽楚，女歌者伸出雙手哀怨的對着南生唱，南生入了戲，也伸出雙手緊握着她，兩人含淚對望，唱了好一會兒才鬆手。我心想，如果愛林看到這一幕就好了。

二〇一八年四月二十日烏甸內電影節開幕儀式，走進劇院，數千個座位座無虛席，場面非常熱鬧，令我驚異這樣一個意大利樸實小鎮，竟然能吸引那麼多熱愛遠東電影的觀眾。電影節除了放映我的片子，還有一些台灣、韓國、日本、印尼、新加坡、馬來西亞、越南、菲律賓的經典電影。

四月二十一日那個晚上，Sabrina牽着我的手從後台走出，她在台上誠懇的細說着，二十多年前看着我在《重慶森林》裏，那件金黃色的風衣、那頭金髮、那個女殺手帶給她的震撼，因此決定到香港接觸亞洲電影。她致完辭，大會安排施南生頒獎給我。兩年前南生也是站在我的位置獲得同樣的終身成就金桑獎，她是當之無愧的，在她從事電影的三十多年中，參與過六十多部戲，大部份都創下高票房記錄，同時多次帶領電影潮流。

南生一身艷紅，搖晃着的兩串紅寶石耳環閃閃發亮，一頭超短黑髮，有型有格的站在我側後方，她一心護衛着我，以備我臨時出狀況，可以就近搭救。

我的英文致謝辭，南生一早就起好稿錄好音給我了。從來沒有在公開場合發表過英文演說的我，這會兒要面對全世界說一段英語對白。我練了無數次，確保所有的the、for、that、 ed、ing都唸對地方。當我在台上把那段話毫無瑕疵的唸完，南生悄悄的從口袋裏拿出紙巾把眼角的淚水拭去，她為我的成才而感動，我得獎她比我開心得多。

我藉此機會，感謝二十二年裏，跟我合作過一百部戲的上千名工作人員，如果他們看到我說的話就知道我正在感謝他們，因為我記得他們。他們總是默默的工作，而把所有的光環都給了我。我感謝瓊瑤姊，如果不是她寫的《窗外》，現在的我不知是怎樣？我感謝第一部戲「窗外」的導演宋存壽和郁正春，如果初初踏入電影圈不是碰到這樣的好好先生，我的未來不知會怎樣？我感謝徐克讓我的電影生涯更上一層樓，我感謝施南生永遠給我最真誠的忠告，讓我在人生的旅途中勇敢的向前行，我感謝好友張叔平為我設計的戲服，讓我的角色更有說服力。最後感謝Thomas和Sabrina把遠東電影和文化介紹給歐洲人。

拿完獎致完詞應該可以下台了，我看大家都不動，這時Sabrina焦慮的抱怨獻花的遲遲不上來，我還在想，遲一點點獻花也無所謂嘛，何必動肝火，突然看到一位穿着白衣黑褲的女孩，抱着一大束紅玫瑰從遠遠的對面舞台走出，感覺上似曾相似，看仔細了，原來是我的寶貝女兒愛林，這真是莫大的驚喜！愛林向我飛奔而來，我甚麼明星風采都拋到九霄雲外了，連連大叫「Oh My God! Oh My God!」把她擁入懷裏。愛林平常最不愛上鏡最不願成為焦點人物，她肯這麼做，必定是她心中的愛蓋過一切。愛林慌亂中把花拋給了我，南生又再次把麥克風遞到我手中，我眼眶滿是淚水哽咽的說，因為我的名氣，讓家人受到太多關注和不便而感到歉意，同時也感謝家人和觀眾對我的的支持和愛護。

愛林的意外驚喜計劃，勞動了不少人，南生一路精心策劃，設定了一個群組每天互通信息，難怪我拿南生電話，她就緊張的搶回去。她安排了一位也要去烏甸尼的朋友跟愛林搭同一班飛機，他們是在二十一號領獎的當天下午才趕到。愛林先被安置在另一家酒店，以免不小心遇見我。晚上到會場，大會的工作人員還把愛林鎖到一個房間裏，怕我開了門進去，也怕愛林走出來碰到我。這個驚喜計劃，從香港起步到烏甸尼的頒獎台上，真是太大工程了。他們的心機沒有白費，這是我一生中最大的驚喜，我永遠不會忘記。

南生的友情，愛林的親情，都在於那顆心，原來情字裏面有顆心。

二〇一八年五月

Paul Tung 攝影

Terence 泰倫斯攝影

致十八歲的孩子們

最近收到一封剛滿十八歲高中女生的來信，這個女孩是從中國到西柏林去求學的。

「十八歲是人生重要轉折點，選擇和決定極其關鍵。然而這時的我們都太迷茫，以至於多數時候難以做出正確的判斷。假設世界上所有十八歲的女孩都是您的孩子，您對她們最珍貴的忠告將是甚麼呢？為甚麼？」

「親愛的惟清小妹妹，看完你的來信，我深深的感受到你的迷茫，這又何嘗不是我十八歲的感受。記得那年我剛拍完第一部戲《窗外》，正拿不定主意將來要走哪條路？當時唯一的出路是考進大學，好好讀書，但我又不是讀書的料，進不了大學之門，初戀男友又逼我跟他去美國包餃子，自己最有興趣的事卻是演戲。電影公司要我到香港去宣傳《窗外》，我非常徬徨，不知道該選擇哪條路？如果去了香港，就等於選擇了演戲這條路。還記得當時苦惱的寫了三張紙條，一張是『讀書』、一張是『拍戲』、一張是『包餃子』，每張揉成一團，自己抓鬮，整個下午抓來抓去還是決定不了，最後在白紙上寫了許多『死』字，可見我當時是多麼的苦惱。

正常來說，十八歲是讀書學習的年齡，最好是進大學選擇自己有興趣的科目，趁自己記性最好，學習能力最強的時候，把握機會好好學習，為工作機會和將來的事業打好基礎，這是我們那個年代的傳統觀念。當然也

十八歲的我

有許多沒有機會讀書的成功企業家，像台灣的王永慶，香港的李嘉誠，也有中途輟學的微軟創辦人 Bill Gates，我想他們必定是選擇了他們最有興趣的工作，同時在人生的旅途中不斷的充實自己。我始終相信，上帝造人，必定給予每個人屬於自己的獨特禮物，你必須去發掘它，並勇往直前將之發揚光大，那麼成功必定不會離你太遠。

去香港之前我猶豫得幾乎病倒。到了香港我一夜成名，從此就走上電影這條不歸路，所以我這一生最大的轉捩點就是十八歲。一路走來，最深刻的體驗是『要選擇你最喜歡的事做』，因為這樣，你會整個人浸淫其中，不怕苦、不畏難、不覺累，這樣成功的機會相對比別人高。

女兒們小時候睡前最喜歡聽我說『小草』和『藍蝴蝶』的故事。一個流浪人，走了好多好多路，實在是太累太累了，於是他把背包放下，倒在草地上就睡着了，半夜裏聽到許多說話的聲音，覺得奇怪，這麼晚了，會有誰在這黑暗的荒野中說話呢？起來看個究竟，原來是小草們正興高采烈的討論自己在太陽出現的時候會變成甚麼顏色的花。每枝草都分配到自己的顏色，只有一枝最強壯的草可以自由選擇它喜歡的顏色，但它一直下不了決定該要哪個顏色。流浪人眼睛都睜不開了，他昏睡過去。第二天早上，他被刺眼的陽光射醒，眼前的小草都興高采烈的向着太陽開出自己顏色的花朵，只有一枝枯黃的小草無力的倒在地上，它到太陽出來時還沒有做好決定。

在一個濕濕髒髒的山谷裏，有許多爛木頭，木頭上爬滿了毛毛蟲，它們很快就會變成白蝴蝶。有一隻毛毛蟲仰望着天空，天空好藍好藍，它好喜歡，它堅定的對自己說：『我一定要變成像天空一樣藍的藍蝴蝶。』它每天都強烈的渴望並不停的重複這句話。終於，有一天，有人看到山谷中一群群白蝴蝶裏，有一隻像天空一樣藍的藍蝴蝶飛舞在其中。

所以，惟清，挖掘上帝送給你的禮物，盡情的夢想，勇敢堅定的朝着你的目標，努力向前行，美好的未來正張開翅膀迎接你的到來。」

夜裏，在床上，我那迷惘的十八歲女兒言愛睡不着覺，我把這篇文章讀給她聽，她說「我喜歡」，然後安心的睡着了。

二〇一七年一月一日刊登於《中國時報》

夢想家

Kim Robinson 髮型、陳漫攝影（二〇一七年）

你知道嗎？「火藥是長生不老的藥」。你知道嗎？「聖經是最好的散文」。你知道嗎？「天鵝一覺只睡四十五秒」。這是我今年聽到最新鮮的話題。

「秦始皇時代就是用火藥製造長生不老藥，所以火藥是藥。」這是煙火藝術家蔡國強說的，我信。年中馬唯中請我到會議展覽中心，觀賞蔡國強的天梯紀錄片，讓我大開眼界。蔡國強來自福建泉州的小漁村，據說是他奶奶靠賣魚讓孫子完成藝術家的夢想。天梯的構想始於二十多年前，在國外試過三次都遇到阻礙，最後回到自己的故鄉福建泉州惠嶼島，由四百個村民合力幫他完成天梯的夢想。二〇一五年六月十五日凌晨四點四十九分，他的奶奶拿着iPad看着她的孫子蔡國強點燃煙火的引線，霎時燦爛的煙花形成一個一個方塊的梯子，一節節的登上雲霄沒入天際，長達半公里，歷時一百五十秒，這是他送給百歲奶奶的最好禮物，傳說這樣能登上天堂。這是他送給家鄉最珍貴的禮物。天梯的意義不止是完成一件偉大的藝術作品，內裏包含的是孝順、毅力、團結和對夢想不懈的追求。

「聖經是最好的散文」，這是作家兼畫家木心說的，他閱讀聖經一百遍。我在烏鎮木心美術館的牆上發現他有這樣的說法，非常驚訝。最讓我震驚的，是展廳中那個透明玻璃牆，牆上夾着他在獄中的手稿，白紙的正反兩面寫滿了密密麻麻的字，字寫得非常非常小，但每筆都很清楚，這是他在極度痛苦和孤獨中提煉出來的心血。據說七十年代初，他數度被單獨囚禁，關押在積水的防空洞裏，他以寫檢查報告為由獲得紙筆，寫成六十六張，一百三十二頁紙，約六十五萬的字，出獄的時候將手稿縫入棉褲裏，託朋友帶去美國才得以保存。牆上有許多不同凡響的句子，有一句看了令我莞爾，他說「不要寫我，因為你寫不好」。木心是烏鎮旅遊股份有限公司總裁陳向宏從紐約邀請回來的，烏鎮是他的故鄉。陳向宏將烏鎮打造成充滿文化、藝術氣息的江南水鄉古鎮。如果沒有來過，是無法想像世界上有這樣一個獨一無二的奇幻之境。這裏見不到一根電線杆，清澈的河水貫穿整個小鎮，河邊有青綠的垂柳和古舊的建築。艷陽高照時看到湖水鋪滿綠葉，葉與葉之間長出朵朵又大又粉的荷花。十月到烏鎮參加戲劇節，無時無刻不讓你驚艷和沉醉。白天漫步於古鎮的小道上，可以欣賞到街頭戲劇及河邊石階上的古裝美女獨舞。晚上從住處走去烏鎮大劇院也是一種享受，月光反射在河水、垂柳、荷花池上，照着小道、高牆及古建築物，你說是夢境，但夢境不如它。

這裏邀請的都是純藝術的國家級戲劇，看了來自澳大利亞的戲劇《如果牆能說話》，演員個個身懷絕技，能歌能舞能跳能打能飛，沒有對白，是用特技和身體語言演出六代房客的悲歡離合，把演技發揮到極致。看了立陶宛劇團演出的《我們的班集體》，故事始於三十年代一羣由波蘭和猶太人組成的同班同學，從單純的學生生活到戰爭爆發，班上多數猶太人被殘忍的殺害，而參與殺害的有些竟是自己的同班同學，戰後一些大屠殺的幸免者參加了特務機構藉機報仇，最後同學分散在波蘭、美國和以色列，並且都嘗試接受現實。三個小時，看完內心沉甸甸的。看了由巴西來的《水漬》，這個戲涵意很深，不容易懂，舞台上一個長方形淺淺的水池，在深秋的夜晚，寒風瑟瑟，演員忘情的在水池裏爬進爬出的落力演出。故事情節是跳動式的，表達方式也奇特。第一個畫面，是一對穿戴體面又優雅的夫妻，正悠閒享受午後的寧靜，突然間一條巨大的鯰魚出現在庭院中，丈夫不去深究，妻子卻因為這件事，回憶起不堪的童年和溺水的父親，腦子也不停的出現音樂，她被往事折磨得痛苦不堪，已經無法回到平靜正常的生活，非常卡夫卡。令我深深的感受到接受和放下是人生中非常重要的課題。看了《黑夜、黑幫、黑車》人稱三黑。是法國文學改編，美國加州的演員演出，它的表演形式和敍事方法更加奇特。劇院製作了一個容納五十人的大盒子裏，觀眾不能攜帶手機入場，五十名觀眾進入一面開的大盒子裏，由十五名工作人員在盒外推動着面向不同地點的舞台，彷彿自己也在舞台上和演員互動參與演出，像是5D電影。這三齣戲風格完全不同，唯一的共同點，都是在做人性的探討和反省。

烏鎮戲劇節最初是黃磊的夢想，陳向宏也是個夢想家，兩人一拍即合，共同邀請賴聲川和丁乃竺夫婦助陣，加上孟京輝導演，還有木心美術館的坐鎮，讓這魔幻古鎮更增添了文化藝術氣息。烏鎮是中國的一張名片，烏鎮國際戲劇節是這張名片的亮點。

「天鵝一次只睡四十五秒，四十五秒睜一次眼再睡四十五秒，這樣一連也可睡八個小時。為甚麼？牠要隨時保持警覺性，以防天敵，而人類是最大的天敵。早自秦始皇時代，天鵝每年都會遷徙到榮成。」這是天鵝衛士袁學順說的。

袁學順山東人，有些人稱他老袁，身份是農民，住威海榮成，二十歲開始保護、照顧傷殘的天鵝，四十二年來從不懈怠，彷彿這是上天賜與他的使命。

在烏鎮戲劇節時，聽朋友賈安宜談到老袁和天鵝的故事，深受感動，決定帶着女兒愛林去山東拜訪他。在煙台下機時見到雪花片片，路邊的樹木、房屋蓋滿厚厚的一層雪，像我們小時候寄的聖誕卡。因為高速公路積雪危險，只能走一般的道路，四個小時車程，四點半到達榮成湖畔的大天鵝康復中心天已漸暗。只見一個瘦小的背影搭着梯子在木屋上方釘一幅大紅布條，上面寫着歡迎林青霞的字句。之前一再叮嚀不要驚動任何人，只是單純的私人拜訪，老袁還是誠意的表達了對我們的歡迎。晚上袁氏夫婦跟我們一起晚餐，想聽聽他說他與天鵝的故事，他卻說了許多四個字四個字像是成語的句子，讓我驚艷不已。朋友不是說他是個農民嗎？怎麼還會自創成語。他沒有山東口音，字正腔圓鏗鏘有聲的唸道「柳不退綠，鵲不離巢，鵝守瑤池，冬不來寒，雪天雷鳴，日月逐輝」這是他送給我的，題名「青霞冬月來湖」。

Kim Robinson 髮型、陳漫攝影（二〇一七年）

他談到最心愛的天鵝，眼睛都發光，他懂得天鵝的語言，如數家珍的說大天鵝有喇叭天鵝、咳聲天鵝和嘯聲天鵝。每年十月中至十一月中旬從西伯利亞飛到榮成，翌年三月左右返回，飛程一個月，在天上最久是六個多小時，一個月的飛行會瘦五公斤。經過四十二年親密的接觸和觀察，救助了上千隻受傷的天鵝，相信沒有人比他更了解天鵝。聽說他畫了一張地圖，是有關天鵝飛行、休息和覓食的濕地。這些知識特別珍貴，我鼓勵他寫出來，流傳下去。他一時憶述，為救一隻落在水中受傷的天鵝，他會兩隻腳泡在水裏兩個小時，從離天鵝一百米的距離一邊和牠說話一邊十米十米的接近，直到天鵝信任他，才會接受他的救助。一時嘆息的說，每次抱着痊癒的天鵝放回大自然的時候，都會傷感的掉眼淚，因為他不知道這一飛走，路途中會不會再遇到險阻，還能不能再活着回來。說到那隻名叫盲盲的瞎眼天鵝，他又笑着用四字成語「亭亭玉立」來形容。他把天鵝人性化了，他說：「天鵝生來高雅，絕不下跪，即使是死也得坐着死。」。要跟老袁談天鵝可能談到天亮都談不完，我們約好第二天去看天鵝。

零下五度，雖然是午時，太陽的熱度還是抵不住寒風的吹襲，我們一行人頂着冷冽的寒風，走入空曠的濕地，天鵝見到我們有的張開大翅膀飛起，有的游走了，遠處濕地和水面上鑲着一層白邊，老袁說那是三千多隻大天鵝。九十年代有大約六千隻，後來開發建屋，現在自然的濕地只剩三分之一。他非常憂心將來如果土地開發到那兒，就會破壞這裏的自然生態，那時天鵝就不來了。

天鵝康復中心約兩三百尺的小木屋，裏面一張單人床，沒有暖氣，天寒地凍的，老袁待在那兒照顧天鵝一點不以為苦，他說只要聽到天鵝美妙的歌聲他就滿足了。

木屋門外停着的摩托車，他騎了三十年，前面兩個把手，一邊各套上一隻半截夾克袖子，想必是禦寒用的，車後拖着自製的小拉車，用來裝載玉米餵天鵝的。摩托車雖然破舊，裝載的卻是三十年豐富的情感和愛心，感覺就像是一件藝術品。

屋旁一個木欄杆圍成個小方塊，瞎眼盲盲亭亭玉立的單腳站在裏面，脖子好長，我用手指輕輕滑過牠的脖子，羽毛柔軟而豐密，難怪天鵝在零下氣溫還能長期待在戶外、泡在水中。老袁心疼的揉搓着盲盲另外一隻破碎的黑腳板。他把天鵝都當成自己兒女看待，卻絕不私自佔有，一旦牠們可以自由飛翔，他就放手。

相信蔡國強、陳向宏、黃磊、賴聲川和孟京輝的夢想都已實現。但是老袁還在為他的夢想努力奮戰，保住那三分之一的自然濕地不受汚染，說服政府和企業家不要徵用這塊靜土。老袁守住的那塊原始濕地，右邊長着高高的蘆葦草，濕地是海水和河水混合成的湖水，一眼望去，湖水和地面交錯着延伸，看不到盡頭。午後見到天鵝遨翔在大自然的空間裏，自在的覓食玩耍，又不時站立着拍打翅膀，每一個動作、每一個姿態都是一幅美麗的畫面，老袁用盡生命的每一分力，希望把這些畫面永遠的流傳下去。他說過一句耐人尋味的話「天鵝將會陪着人類走完全程」，我望着他消瘦的面頰，閃爍着光芒的堅定眼神，心裏讚嘆道，這真是天鵝的守護神，也是大自然的藝術家。

二〇一七年我遇見了許多夢想家，看到了他們的成果，更堅信人生在世必須要有夢想。

二〇一八年一月一日

平凡的不凡

去年十一月，在台北誠品書店《雲去雲來》新書發佈會的後台，發現兩個大麵包在化妝桌上，那麵包圓圓大大膨膨的「哇！看起來就知道很好吃！」餓了許多天的我眼睛發亮的驚呼。周圍的人異口同聲的說「這是吳寶春麵包，他在巴黎得到世界麵包賽冠軍。」我掰開來，一股新鮮麵包的香氣撲鼻而來，裏面佈滿了龍眼乾與核桃，見到最愛吃的龍眼乾，我剝一小塊往嘴裏放，便不由自主的一口接一口的吃將起來，好友見我沒有停的意思，馬上叫停，請人把麵包收起來，她怕我之前為了上台辛苦瘦身，到最後一秒前功盡棄。

回港時帶了十個大麵包分送給朋友，自己每天早起睡前和下午茶都吃幾塊。記得女兒小時候最愛聽我講的兒童故事《一片披薩一塊錢》「有錢的朱富比，愛好吃蛋糕。他的車上有部偵測器，十里內有好蛋糕，他都聞得到。他請司機買兩塊好吃的蛋糕，司機拿起蛋糕，整塊塞進口，口水還沒流，已經吞到胃裏頭。朱富比搖搖頭，他說「這麼好的蛋糕，這樣吃法太不禮貌。應該先用眼睛欣賞它的外型，然後用鼻子細細把香味聞聞，再用叉子溫柔的切下一塊感受它的彈性，最後才送入口中，用牙齒、舌頭來品味

吳寶春與我

它的生命……」我就是這樣對待吳寶春麵包。烤過的麵包更是外脆內Q，龍眼配核桃加上吳寶春的老麵，口感特別好。眼看麵包快要吃完了，竟然惆悵起來，彷彿上了癮。從來不愛麻煩人的我，居然為了麵包去麻煩時報出版社董事長，人家大忙人還幫我寄了三箱二十幾個到港，心想，哪天見到吳寶春，一定要開他玩笑「你麵包裏是不是放了鴉片？」

二月三號到台灣一天，特別請朋友接機時帶兩個吳寶春麵包上車，我坐進車裏就像捧西瓜似的捧着大麵包，從桃園一路吃到台北。朋友見我這麼愛吃，撥了個電話給吳寶春，原來他們認識的，我接過電話跟他談了許多有關麵包的故事，沒想到第二天他竟親自帶了三個大紙箱，裏面裝滿桂圓核桃包、巨型的葡萄蛋糕和鳳梨酥來跟我午餐。

吳寶春個子不高、瘦瘦小小，一身輕便裝，帶着幾分靦腆，四十多歲的人看起來三十出頭。席間他説識字不多，是在服兵役期間朋友教他的，這倒令我訝異。最讓我動容的是他説「我十七歲時站在中正紀念堂，遙望着總統府。當時想着裏面住着誰啊，裏面長甚麼樣子呢？而且又這麼多憲兵在看守，好威風哦。好想進去看看喔。但是，那地方不是我們這種人可以進去的，永遠不可能。吳寶春你別妄想了。」之後他又説「多年後我從總統府三樓望向中正紀念堂，當時心情五味雜陳，覺得很不可思議，我居然做到了，好像在做夢一樣，我看見十七歲的吳寶春。」我問他為甚麼到總統府，原來他得了世界麵包大師賽的冠軍，馬英九總統召見他。

臨別上車前，一路走他一路說「所以有今天全是因為對媽媽的愛。」我好奇的問媽媽給了他甚麼樣的愛？他簡單的說「不怨天尤人，不放棄我們。」前一晚才聽另一位成功的企業家說了一模一樣的話，他們都是在窮苦的鄉下長大，母親都不識字，給兒子的愛就憑那十個字，聽起來簡單，卻是用一輩子的時間，無怨無尤的付出。

回家翻看他送我的《柔軟成就不凡》，對他有更深入的了解。他母親雖然個子瘦小，卻用勞力在鳳梨田裏工作，還要到餐廳兼差養育一家人。為了減輕母親的負擔，想讓她過上好日子，吳寶春十七歲就到台北做學徒，一天工作十幾小時，夜晚累倒在地下室的麵包推車上而無人知。因為喜歡看愛國電影（包括我的《八百壯士》、《旗正飄飄》），崇拜英雄，執意要當兵，卻因體重太輕不夠格，灌下兩瓶礦泉水才勉強過關。在當兵生涯的兩年中，朋友教他認字識書，因此讓他的人生更上一層樓。

吳寶春一路走來，一步一腳印從台灣衝出亞洲再到歐洲，一次次的比賽中，深刻的體會到「只要肯努力，沒有事情做不到。」

我跟他說「我最愛吃桂圓乾，可從來沒吃過這麼好吃的桂圓乾，潤潤的，一點都不乾。」

「我挑選來自台南縣東山鄉的古法煙燻龍眼乾，由老農睡在土窰邊嚴控窰火，六天五夜不熄火以手工不斷翻焙，每九斤龍眼才能製成一斤，所以很Q甜，是以木材燻烤的獨特香氣的正港台灣龍眼乾。」

「你的麵包太好吃了！」

「當你把愛、懷念揉進麵團，發酵完再烤後，別人是能夠品嚐出愛的味道的。這是我懷念媽媽，用媽媽的愛做成的麵包。」

難怪我麵包百吃不厭，原來他揉進了媽媽的愛和對媽媽的思念。

二〇一五年

我是路人甲

數年前在施南生家聊天，聽爾導演說想拍一部以群眾演員為題材的電影。他為了重拍《三少爺的劍》，到大陸橫店看了幾趟場景，見到許多群眾演員在片場，和他們聊起來，有感於他們對於演戲和追求夢想的執着，而觸發了拍這部戲的靈感。照理說這些演員和這種題材很難有市場，他卻肯大膽的嘗試，花心思為他們提供演出機會。我當時雖然沒有說話，心中對他卻是敬佩的。

爾冬陞二十六歲那年，剛剛離開邵氏電影公司，到台灣跟我合演兩部戲，一部古裝武俠片《午夜蘭花》、一部詼諧喜劇片《七隻狐狸》，那時候大家軋戲軋得頭昏眼花，古裝戲拍到天亮，脫下頭套就坐上我的小白車趕下一場時裝片。三十多年了，還清晰記得那個畫面，在《七隻狐狸》的外景場地，他跟我說，他想做導演，自己寫劇本，到時候請我主演。我當時

《我是路人甲》劇照

懷疑，他那麼早出道，十九歲主演的第一部戲《三少爺的劍》就成名了，肯定沒唸過甚麼書，怎麼會寫劇本和做導演呢？事實證明，多年後他編導的第一部戲《癲佬正傳》口碑大好，《新不了情》又賣得滿堂紅。這會兒說着說着《我是路人甲》也拍成了。在他身上證實了「有夢想就要去追求，有追求才有成功的機會」。

回想過去的演戲生涯，還真沒有注意到那些群眾演員呢（那時候叫臨時演員）。圍在我們身邊的多數是化妝師、服裝阿姨，要不就是導演說戲、演員對戲、燈光師打燈、攝影師運鏡，真的很少有時間跟群眾演員談話，更體會不到他們的艱難。看了爾冬陞執導的《我是路人甲》，對於群眾演員的辛酸才有深刻的理解。戲裏的橫飄（從各地湧到橫店追求電影夢的人），一個個真實的故事，導演用平實的手法把它們串成了動人的電影。記得在大陸拍「火雲邪神」的時候，片場有人跑來說，一個十幾歲的臨時演員被火燒了半張臉，已經送去醫院了。那個小女生，因為站在我旁邊，所以鏡頭常常帶到她，大熱天的，穿着古裝戲服，在太陽底下站了好幾個鐘頭，酬勞卻少得可憐，想到她那張清純的臉，萬一毀了容，一輩子受影響，我感到非常不安，還好電影公司做了妥善的安排。

電影反映人生，《我是路人甲》裏，三個十八歲的小女生，從外地到橫店和導演面談，她們一臉的天真無邪，面對的卻是不懷好意、色迷迷的導演，這讓我憶起十八歲那年，一個人傻乎乎的，和大電影公司的大製片會面，他要我簽八年長約，還說等我成熟了可以演性感戲，嚇得我落荒而逃，結果一生都是自由演員，沒有跟任何電影公司簽過基本演員合約，也沒有經理人，準備隨時不拍，回學校讀書。於是選劇本、見導演、簽合約、挑選戲服都是自己來，就這樣誤打誤撞，邊走邊唱的唱了二十二年，最後全身而退。雖說電影圈是個大染缸、是複雜的圈子，再複雜的圈子還是有好人，再好的圈子也未必沒有壞人，最重要是能夠潔身自愛清者自清。只要多多充實自己，堅持信念，勇往直前去實現自己的夢想，機會來時才把握得住。

《我是路人甲》裏的群眾和特約演員的演出都非常自然，就像你我身邊的路人，有時戲中戲穿插其中也能恰如其份。看到片尾他們的自白，短短幾個字，真實的表達出他們對演藝這條路能否成功的看法，有的有信心、有的已知足、有的對未來沒有把握、有的只在乎享受過程、有的堅持努力工作。希望他們都能實現他們的夢想。

《我是路人甲》借着路人甲、乙、丙在橫店的日子，記錄現今中國大陸電影界的現象。電影是個夢工廠，爾冬陞不但在歌頌青春的夢想，也為追夢者製造成功的機會。有趣的是，群眾演員都變成了主角，而明星和導演卻成了臨時演員和配角。

當初我也是路人甲，在路上被路人乙、路人丙的群眾演員找去拍戲，本來以為是做臨時演員的，沒想到卻做了主角。誰知道？機會無處不在。

二〇一五年

高跟鞋與平底鞋

我只見過她四次，這四次已經勾勒出她的一生。

十八歲那年到越南做慈善義演，老實說那次我真的沒有看清楚她的模樣，不是不看，是不敢看，她太耀眼、太紅了，我眼角的餘光只隱隱的掃到她的裙腳，粉藍雪紡裙擺隨着她的移動輕輕的飄出一波一波的浪花，台上有許多明星，汪萍、白嘉莉、湯蘭花、陳麗麗……，她是台上份量最重的大明星。小時候看過她許多電影，她和凌波主演的《魚美人》唱做俱佳，古裝身段惟妙惟肖，轟動一時。十六歲就得了亞洲影后，媒體給她一個「娃娃影后」的封號。

一九七五年我到香港宣傳《八百壯士》。李菁在一個晚宴上她翩然而至，一身蘋果綠。蘋果綠帽子、蘋果綠窄裙套裝、蘋果綠手袋、蘋果綠高跟鞋。這次我還是怯生生的沒敢望她，同在一個飯桌上我們卻沒有交談。這年夏天，我到香港拍攝羅馬導演的《幽蘭在雨中》，在外景場地見到一部勞斯萊斯車，車牌號碼單字「2」，就停在雜草叢生的鄉間小路上，仲夏午後的太陽，照在淺色的車身上，照在車頭張開翅膀彎身向前衝的女子小雕塑上，非常耀眼奪目。這車在當時是稀有的，必定是大富大貴人家才能擁有，電影圈中也只有她坐這架車。工作人員見我神情詫異，告訴我那是李菁的車，「李菁怎麼會到這兒？」「她找羅馬導演，她的電影公司要請羅馬導戲。」「噢～～原來如此。」那次我沒見着她。

自此以後她就銷聲匿跡了，偶而聽到一些她的消息，「她電影拍垮了」「她母親去世了」「她男朋友去世了」「她炒期指賠光了」「她到處借錢」……

記得小時候好看的電影，熒幕上一定有「邵氏出品必屬佳片」，她是香港邵氏電影公司的當家花旦，我一個從鄉下來的小女生，看她這樣閃爍的大明星就像看天一樣，所以對她有一種特別的好奇心。

有一次我到一位姓仇的長輩家吃飯，聽說他跟李菁很熟悉，我說我想見她，他即刻安排了下次吃大閘蟹的日子，那是八〇年代末。這次我認認真真的欣賞了她，她身穿咖啡色直條簡簡單單的襯衫，下着一條黑色簡簡單單的窄裙，配黑色簡簡單單的高跟鞋，微曲過耳的短髮，一對咖啡半圓有條紋的耳環，一如往常單眼皮上一條眼線畫出厚厚的雙眼皮，

李菁（圖片提供：《明報》）

整個人素雅得來有種蕭條的美感。飯桌上我終於跟她四目交投，我問她會不會出來拍戲，她搖頭擺手的說絕對不可能。那年她才四十歲左右。九〇年後我長期住在香港，在朋友的飯局中也會聽到一些有關李菁的消息，香港有些老一輩的上海有錢人，會無條件的定期接濟她。

這些年，上一代漸漸的凋零了，接濟她的人一個個走了。有一次娛樂週刊登載她的照片，說她因付不出房租被告。照片上服裝黑白搭配，戴一副超大太陽眼鏡，還是很有樣子，只是神情有點落寞。

二〇一八年二月的某一日，我跟汪曼玲通電話，她突然冒出一句「李菁打電話給我」，我連珠炮的問「她為甚麼打電話給你？她最近怎麼樣？她住哪裏？你會跟她見面嗎？可不可以約出來見面？」我只聽見阿汪喃喃的說：「這次我不會再借錢給她。」我十八歲跟汪曼玲認識，她刀子口豆腐心，在媒體工作了數十年，現在是虔誠的佛教徒，平常省吃儉用，之前竟肯拿出六位數的錢借給她。我跟阿汪說我想寫李菁的故事，文章登出來稿費給她，書出了，版權費給她，每篇文章她看過才登。

阿汪約她見面，但沒有說我會出現，我提議文華酒店大堂邊的小酒吧，指定一個隱密的角落。我進去的時候，她們兩位已坐定。不知為甚麼，我第一眼看見的是，桌底下她那雙黑漆皮平底鞋，鞋頭閃着亮光。她見到我先是一愣，很快就鎮定下來，到底是見過大場面的人。

她穿着黑白相間橫條針織上衣，黑色偏分短髮梳得整整齊齊。我仔細端詳着，試圖找出她以前的影子，她單眼皮上那條黑眼線還是畫得那麼順，這是她最大的特色，沒有人會這樣畫眼線的。我坐下之後三人的話匣子打開，一直到她走都沒有間斷過。阿汪職業本色，一個問題接着一個問，她也毫不介意的一一回答。問：「你現在最想吃甚麼？」答：「蝦子海參！好想念媽媽做的蝦子海參！」見她喜悅的神情，彷彿舌尖上已經嚐到了海參的美味，讓你恨不得馬上端一盤到她眼前。她臉上泛着光彩接着說：「最開心是晚上到大家樂吃火鍋，一人一個鍋，裏面有蝦有肉和青菜。早、午飯加起來三十塊，火鍋七十塊，一天花一百塊很豐盛了。」

阿汪叫我看她的左手臂，我驚見她整條手臂粗腫得把那針織衣袖繃得緊緊的，她說是做完乳癌手術，割了乳房和淋巴，因此手無法排水，令到手臂水腫。她娓娓道出手術前的心理過程，是在公立醫院動的手術，因為醫生認識她，對她特別照顧。手術當天，她一個人帶着一個鐵盒子，裏面放了些東西和一張紙條，紙條上寫着她哥哥在大陸的電話號碼，她跟醫生說，如果出了狀況就請打這個電話給她哥哥。阿汪問「你有沒有想過自殺？」這種問題只有汪曼玲問得出來，她說以前或者有，現在很開心，

《牛鬼蛇神》劇照（圖片提供：連民安）

她笑笑擺擺手，圓圓的眼珠認真的盯着我們二人「以前演戲的事和開刀動手術的事，我都不去想，都不去想它。」最讓我深思的一句話是「有錢嘛穿高跟鞋，沒錢就穿平底鞋囉。」

李菁提到她的經濟狀況時，說人家以為她買股票把錢都賠光了，其實沒有，都是一點一點慢慢花光的，房子和車子賣給了仇先生。汪曼玲曾經去過她山頂白加道的豪華住宅，傢具都是連卡佛購買的昂貴歐美貨，到處可見名牌 Lalique 水晶玻璃裝飾。提到目前租住的鰂魚涌寓所，一個房間放衣服，一個房間是臥室，她最擔心的是付不出房租，但又不願意去領救濟金。想到王小鳳曾經幫她付過一年房租，她說現在活着就是希望有一天能夠報答所有幫助過她的人。

我們從下午聊到黃昏，她說要走了，我想跟她拍張照，她拒絕了。我把事先預備好的，看不出是紅包的金色硬紙皮封套交給她，她推讓說不好意思，說她從來不收紅包的，我執意要她收下，她說那她請客好了，我當然不會讓她請。

當她站起來走出餐廳的時候，我發現她手上拄着拐杖，走起路來一拐一拐的，每走一步全身就像豆腐一樣要散了似的，我愣愣的望着阿汪扶着她慢慢的踏入計程車關上車門，內心充滿無限的唏噓和感慨。

見完她第二天，我和上一代紅星汪玲去灣仔Dynasty Club做八段錦氣功，我比她早到，她推門進來，臉上喜滋滋的，身上的皮草長毛被室內冷氣吹得飄啊飄的飄進來。我昨日的震驚還未平息，心裏沉甸甸的，這會兒兩個大對比。汪玲姊善於理財，日子過得很富裕，每天想的就是吃喝玩樂。這天她非要我請她吃上環尚興的響螺片，我們一人點了兩片，結賬加上小費將近三千塊，平常也沒甚麼感覺，這天特別難受，我跟汪玲姊說，我們吃這一頓，李菁可以吃上一個月，而且是早、午、晚三餐共九十餐呢。汪玲姊跟李菁是認識的，我跟她講了李菁的近況，汪玲姊回想李菁以前到她家去借錢，她因為前一天打牌，睡到下午三點才起床，李菁十一點就在她家客廳坐着。汪玲姊起床把錢交給她後叫司機送她，李菁說：「不用了，計程車在門口等着我。」汪玲姊詫異的說：「這個時候你還擺甚麼派頭！」從此她們再也沒見過面。這讓我想起李菁跟汪曼玲借錢發紅包的事。也是奇女子一名，日子可以過不下，海派作風不能改。

和李菁見完面，總想着怎麼能讓她有尊嚴的接受幫助。她口才好，又有很多故事講，我喜歡聽故事，琢磨着每個月約她出來說故事，每一次給她一個信封。現下最重要的是先帶她去吃一頓蝦子海參。我跟汪曼玲商量約她出來吃飯，汪說馬上過年了，過完年再說吧。

原來中國年氣氛最好是在拉斯維加斯，許多香港人都到那裏過年，那裏是出了名的不夜城，燈紅酒綠、紙醉金迷，還有特別為中國人舉辦的新春晚宴、歌舞表演和抽獎遊戲。我在拉斯維加斯，有一天看完表演回到酒店就接到汪曼玲的電話：「李菁猝死在家中！」我「啊！」的一聲，「算算跟她見面也不過十天的光景，怎麼就……？」我毛骨悚然，「去世多日，鄰居聞到異味，報了警才發現的。」汪曼玲那頭傳來的聲音也是驚魂未定。想到她在港無親無故甚至無朋友來往，提出願意出資為她安葬。阿汪打聽之後告訴我，邵氏電影公司會為李菁辦一場追悼會，影星邵音音也挺身而出幫忙處理身後事。最後汪曼玲在台灣中台禪寺的地藏寶塔，安置了一方李菁的牌位，讓她時時可以聽到誦經的聲音，來世能夠離苦得樂。

李菁從極度燦爛到極度淒涼的一生，正如天上的流星劃過天際隱入黑暗。新聞登了幾天，篇幅不是很大，這一代年輕人並不熟悉她，上一代的人也只能嘆息，我卻傷感得久久不能釋懷。汪曼玲說：「她喜歡看書，你送給她的書她肯定還沒看完，我們兩個人應該是她生前最後見過面的人。」

在一個沒有星光的夜晚，我打開手機，上google按下「李菁魚美人」，見她一個十六歲的小女孩，戲裏一人分飾兩角，一會兒是人、一會兒是鯉魚精，時而打鬥，時而邊做身段邊唱黃梅調，和凌波的女扮男裝譜出哀怨感人的人魚戀，簡直聰明靈巧招人愛。我獨自哀悼，追憶她的似水年華，餘音裊裊，無限惋惜。

二〇二〇年四月於澳洲農場

匆匆一探桃花源

在台灣，我見到了桃花源，那是台東鄉下。那裏風景怡人，風吹起的稻禾像一波波綠色的海浪，車子開過窄窄的柏油路，兩邊的綠樹隨着車速向後滑動，樹影在車前的玻璃窗上忽明忽暗忽明忽暗，空氣中摻雜着青草的香味，那個當下，我彷彿回到了童年的時光。這裏的夜晚，可以聽到各種昆蟲、小動物奏起高音、低音、忽長、忽短的交響樂。這裏的夜晚，我躺在戶外，望着滿天的星斗，偶而有流星劃過天際，我興奮的數着一顆顆流星，同時讚嘆着宇宙的奧妙，感懷人類的渺小，也想起遠方的親人。

白先勇老師每個星期一在台灣大學開三個小時的《紅樓夢》課程，剛巧好友金聖華在台灣，於是我帶着女兒愛林專程去聽他講課，從瑞典遠道而來的江青，十二月一號那個禮拜一正好到台北，我們就相約下午一起去台大。

聽說江青姊第二天要去台東玩兩天，我和女兒正好沒事，就跟了去。我們搭普悠瑪火車去，車程三個半小時。一行人拖着小行李，見到火車就往上衝，上了車才打聽火車是不是到台東，小姐說上錯了車，又說車快開了，不能下車，太危險，慌亂中江青姊按了門邊一個鈕，車門竟然開了，我們馬上衝下車。好險！錯過火車台東之行就砸了。

下了火車第一站是到江青早年在紐約相識的畫家江賢二的畫室參觀，山坡上樹木參差，爬進小坡，裏面別有洞天，一座座富有藝術性的房子沿着山坡而建，畫家夫婦站在山坡上相迎，我們望着遠處的海天一色，真是心曠神怡。山中的泳池邊擺設的是鮮艷的大型鋼鐵雕塑，偌大的畫室裏掛着一幅幅色彩鮮明的畫作，據說他是到了台東，心情開朗，所以畫風也改變了。

「公益平台文化基金會」的發起人嚴長壽帶着我們一行七人到他的朋友家晚餐，外面漆黑一片，我跟着大家進了門，入了屋才發現，這是一座品味十足的建築，天花板很高，斜斜的大落地玻璃窗，滿室的名畫和巨型雕塑。女主人瘦瘦高高長髮飄逸美麗動人，男主人對吃和紅酒非常講究，他在大廳開放式廚房裏忙着開酒和準備一會兒吃的日本牛肉，桌上的花朵擺設很美，女主人說是院子裏種的

台灣台東池上（侯方達攝影）

花。那紅酒杯的把手好細好細，杯身好大，杯口稍小，水晶玻璃超薄，我捏着酒杯環顧四周，屋裏每一個細節都表現出主人家的品味和心思，他們真是一對生活藝術家。

第二天嚴長壽安排我們在一家民宿喝下午茶，剛下車就見民宿主人夫婦從小道迎來，男人一臉笑意逗趣的對着我說：「只問你一個問題，我該怎麼稱呼你？」我說：「青霞！」他笑了，指着牆上四個招牌字「陽光佈居」得意的說：「是我女兒寫的。」我們順着小道往上走，左邊一隻黑白雪橇狗，一隻咖啡和黑色條紋貓，正懶洋洋的攤在屋前享受午後的陽光，女主人溫柔的說：「牠們是街上撿回來的流浪狗和流浪貓。」女兒一聽是流浪貓，愛心大發的就往懷裏抱，小貓身子軟軟的依偎着愛林，女主人輕聲的說：「牠是被遺棄的小貓，很需要安慰。」這裏只有五個房間，間間素淨、整潔、樸實，素材簡約卻有品味，彷彿跟大自然融合在一起。民宿主人態度謙和，女主人對心靈治療很有心得，男主人幽默而健談，一邊跟我們喝茶一邊大談山中的傳奇故事。他們是從台北來的，據說是男主

（左起）江賢二、邢愛林、我、嚴長壽、江青、Claire 和鄭淑敏。

人工作的公司倒閉，才會來到台東經營民宿，住下來才發覺他們是多麼喜愛這個地方。臨走前他還表演了一分鐘歌劇，逗趣的是那隻雪橇狗竟然拉開喉嚨仰着頭面對他一起高歌，唱完他把手一收，那狗也即刻收聲，這真是一個絕佳的餘興節目。結束了一個愉快的下午，心想，就為了這對夫婦，也值得我再次造訪。

晚餐是西式料理，由一對年輕夫婦打理，太太做招待，先生一人在廚房做菜，餐廳很小，只有六桌，沒有招牌，因為在鹵草埔，他們稱之為鹵草埔料理工作室。菜單第一頁有行字「將司空見慣的物品，當成未知的事情加以發現，這種感性同樣也是創造性」倒是挺值得玩味的。固定的菜式取名「秋天的森林」，因為春、夏、秋、冬都有不同的菜式，每一道菜上桌，那位身材瘦小、圍着米色圍裙、臉上綻放燦爛笑容的小婦人會介紹菜的做法和材料來源，菜單上並附有感性的話語，這個餐點，色、香、味俱全，每一道菜的擺設都是藝術、都是文化，讓人不忍把它吃下肚，甜點則由太太做，不甜不淡恰到好處。酒足飯飽後我們請兩位跟我們一起聊天，兩位雖然靦腆，卻大方的表達自己對食物的理念和人生哲學，他們雖有一流的手藝和技術卻沒有想過要飛黃騰達，也不期望到五星級酒店做大廚，情願默默的守護着家鄉這塊土地，守護着這裏的親人和小小的料理研究工作室。

第三天我們幸福滿滿的坐上普悠瑪號，回味着台東之行邂逅的四對神仙眷侶，回味他們臉上綻放的喜悅之色，他們都很出色，也都安於大隱。

台東還有許多值得回味的地方，它是美麗寶島的桃花源。我告訴自己，我一定會再回去。

二〇一五年二月

我魂牽夢縈的台北

朦朦朧朧中，不知有多少回，我徘徊在一排四層樓房的街頭巷尾，彷彿樓上有我牽掛的人，有我牽掛的事。似乎年老的父母就在裏面，卻怎麼也想不起他們的電話號碼。

二〇一九年夏天徐楓邀請我去台北參加電影《滾滾紅塵》修復版的首映禮。有一天晚上，朋友說第二天要去看房地產，對看房地產我沒甚麼興趣，只隨口問了一句去那兒看？一聽說永康街，我眼睛即刻發亮，要求一起去。朋友知道我也住過永康街，看完房地產，體貼的提議陪我去看看我曾經住過的地方，我不記得是幾巷，到底三十多年沒回去過，彷彿天使引路，我逕自走到永康公園對面的六巷中，在一家門口估計着是不是這個門牌號碼，剛好有人出來，我就闖了進去，一路爬上四樓，當我見到樓梯間的巨型鐵門，我驚呼「就是這間！我找到了！」原來夢裏經常徘徊的地方就是永康街、麗水街和它們之間的六巷。顧不得是否莽撞就伸手按門鈴，應門的是一名十八歲的女孩，我告訴她我曾經住在那兒，請她讓我進去看看，她猶豫的說家裏只有她一個人，剛才跟着我一起上樓的郝廣才即刻說「她是林青霞！」

拍完第一部電影《窗外》，我們舉家從台北縣三重市搬到台北市

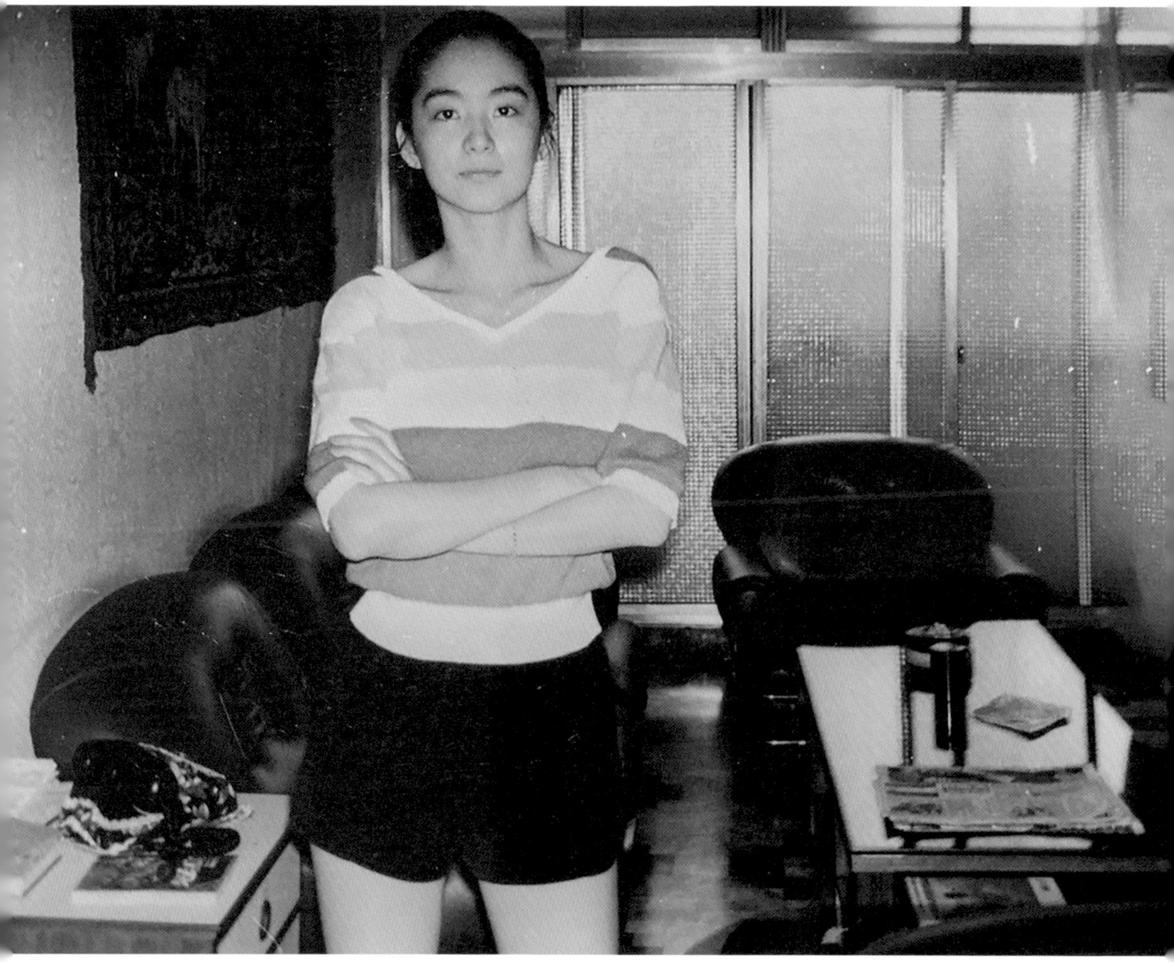

十九歲於台北永康街家中

永康街，一住八年，這八年是我電影生涯最輝煌、最燦爛和最忙碌的日子，也是台灣文藝片最盛行的時期。

重重的鐵門閂嘎吱一聲移開，一組畫面快速的閃過我的腦海。媽媽在廚房裏為我煮麵、樓下古怪的老爺車喇叭聲、我飛奔而下、溪邊與他一坐數小時、鐵門深深的閂上、母親差點報警。那年我十九，在遠赴美國舊金山拍《長情萬縷》的前一晚。

走進四樓玄關似的陽台，竟然沒有變，一樣的陽台，母親曾經在那兒插着腰指罵街邊另一個他。

走進客廳，真的不敢相信，彷彿時光停止了，跟四十多年前一模一樣，我非常熟悉的走到少女時期的臥室，望着和以前一成不變的裝修，我眼眶濕了，媽媽不知多少回，坐在床邊用厚厚的旁氏雪花膏，為剛拍完戲累得睡着了的我卸妝。轉頭對面是妹妹的房間，走到另一邊是父母的房間，他們對門是哥哥的房間，突然間我呆住了，那張 cappuccino 色的胖沙發還在，靜靜的坐在哥哥的房間中，那是我不拍戲的時候經常坐着跟母親大眼對小眼的沙發。

我站在客廳中央，往日的情懷在空氣裏濃濃的包圍着我。八年，我的青春、我的成長、我的成名，都在這兒，都在這兒。這間小小的客廳，不知接待過多少個說破嘴要我答應接戲的大製片。瓊瑤姊和平鑫濤也是座上客，在此我簽了他們兩人合組的巨星電影公司創業作「我是一片雲」的合約，這也是唯一的一部一林配二秦。在這小客廳裏，也經常有製片和導演坐在胖沙發上等我起床拍戲。

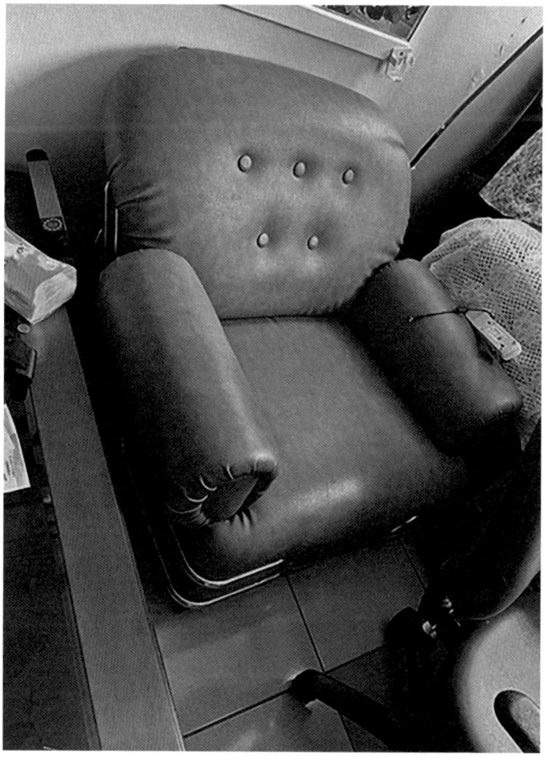

Cappuccino 胖沙發

永康街（二〇一九年，廉潔攝影）

小時候住在偏遠的鄉下村子裏，都不知道有台北這樣一個地方，沒想到有一天飛上枝頭，不但定居台北，竟然還有三個台灣總統跟我握手呢。在我二十歲的時候，到中山堂看我自己主演的《八百壯士》。電影結束了，燈還沒亮，隔我三個座位有位先生站了起來，跟着導演和周圍的人都站起來了，那人態度溫和有禮氣宇不凡，導演介紹我是女主角，他跟我握手，我第一個感覺，這人的手軟得跟棉花一樣，從前聽父母說男的要手如綿，女的要手如柴才是富貴命，導演看我愣在那兒，馬上加一句，這是蔣經國總統，我還沒回過神來，他已經被簇擁着離開了。第二位是他還沒當上總統的時候，那是三十多年前的事，在圓山飯店的立法委員雞尾酒會，酒會中場，走進一位長相、氣質和風度都極度完美的翩翩公子，好看得不得了，當他握我手的時候，真希望時間能夠停止，讓他再多握一會兒，他是馬英九總統。第三位跟我握手的總統那時候已經卸任了，有一天我在高爾夫球場，見到一位老先生正在開球，那球打得不是很遠，但旁邊圍着的人一致鼓掌，氛圍有點奇怪，我看他一個人坐上球場的車子，好奇的望望，感覺有點面熟，不敢確定的上前問道：「請問你是總統先生嗎？」他微微點頭稱是，並跟我握了手，他是前總統李登輝。

九歲時搬到台北縣三重市淡水河邊。中興橋離我們家很近，那時最開心

永康街舊屋（郝廣才攝影）

的是大人帶我們坐着三輪車，經過中興橋到台北吃小美冰淇淋。高中讀新莊金陵女中，放學總是跟着住在台北的同學一起搭公共汽車，過中興橋吃台北小吃店的甜不辣配白蘿蔔，上面澆點辣椒醬，那滾燙甜辣之味至今記得。高中時期，幾乎每個週末都跟同學到台北西門町逛街、看電影，我們穿着七十年代流行的喇叭褲、迷你裙、大領子襯衫和長到腳踝的迷地裙，走在西門町街頭不知有多神氣。我就是在高中畢業前後那段時間，在西門町被人在街上找去拍電影的。

台北的大街小巷、陽明山的老外別墅、許多咖啡廳通通入了我的電影裏，如果想知道七十年代台北的風貌，請看林青霞的文藝愛情片。從一九七二年到一九八四年我都在台北拍戲，這十二年共拍了六、七十部電影，台北火車站對面的廣告牌經常有我的刊板，我讀高中時期流連無數次的西門町電影街，也掛滿了我的電影招牌。我人生的轉變比夢還像夢，回首往事，人世間的緣份是多麼微妙而不可預測。

白先勇小說《永遠的尹雪艷》裏的女主角住在台北市仁愛路，仁愛路街道寬敞整潔，中間整排綠油油的大樹，很有氣質。我喜歡仁愛路，八十年代初，我用四部戲換了仁愛路四段雙星大廈的寓所，電影的路線也從愛情片轉成社會寫實片，拍寫實片，合作的人也寫實，那時候手上的戲實在多得沒法再接新戲。有個記憶特別鮮明，一天晚上，製片周令剛背着一個旅行袋，旅行袋裏全是新台幣，拿出來佔了我半張咖啡桌，人家一片誠意，不接也說不過去。他走了我把現鈔往小保險箱裏塞，怎麼塞都不夠放，只好把剩下來的放在床頭櫃裏，好多天都不去存，朋友說我真膽大，一個人住在台北，竟然敢收那麼多現金，而且還放在家裏。

八四年後大部份時間都在香港拍戲，偶爾回到台北拍幾部片。九四年嫁入香港，結婚至今二十五年，我魂牽夢縈的地方還是台北。這次回到永康街，才知道夢裏徘徊的地方，我進不去的地方，就在永康公園對面六巷 x 號的四樓。

二〇二〇年一月

徐伏鋼攝影

你現在幾歲？

常聽老年人說自己活一天少一天，一百一十歲的中國著名語言學家、文字學家、經濟學家周有光先生卻說：「老不老我不管，我是活一天多一天。」他從八十歲開始重頭算起，在他九十二歲的時候，一個小朋友送他賀年卡，上面寫着「祝賀十二歲的老爺爺新春快樂！」今年他應該是三十歲的老爺爺了。那麼，六十年，一個甲子，一個圓滿，之後也可以重新算起，如果這樣的話，我現在應該是一歲。其實任何年齡都可以重新算起，這樣就不會有過往名利、地位的包袱，也會讓你虛心求教。想想挺划算，一個新生兒卻已經會走路、會說話、擁有知識和不少人生閱歷，有這樣的心境，人也就會變得輕鬆愉快起來。

二〇一五年十一月三日是我最快樂的一天，最愛的人都在我身邊，最喜歡的朋友都跟我一起慶祝我的生日。我的感受是「圓滿」，彷彿卸下了一生的包袱，輕盈的重生了。

自小內向害羞、太在乎別人的眼光、小心眼、愛鑽牛角尖，這種性格令我放不開，也弄得自己不快樂、不合群。照理說這種性格特質應該不適合演戲，更不適宜在公眾面前展現自我，但是這些事我都做了，並且做了大半輩子。演戲給我理由讓害羞的情緒有了正當的出口，然而每一次面對鏡頭表現自己的時候，總是需要鼓起很大的勇氣。沒想到過了六十，這些事

陳漫攝影

情再也煩擾不到我了，我接受這個世界沒有人和事是完美的，我不再執着也不太在乎別人的眼光，這種感覺，把我從無形的牢籠裏解放出來，讓我呼吸到自由的空氣。

《偶像來了》電視真人秀節目，意味着從裏到外三百六十度，毫無保留的長時間呈現在眾人面前，我在這個節目裏出現，讓所有人跌破眼鏡，無論這個節目帶給大家的是甚麼，對我卻有很大的意義。短短兩個月時間，見識了中國的地大物博、鄉土人情，從這個節目的拍攝，了解了中國一日千里的進步，更重要的是我重新認識自己、接受自己，以嶄新的自我出發。

我坐在前排中間

記得內蒙古遼闊的藍天和草原、壯男的馬上馳騁，黃昏時，漫天彩霞，一行人踏着柔軟的青草地向着金黃色的太陽走去，汪涵在旁感嘆的說，這片草原或許曾經是數百年前鐵甲金戈，兵士廝殺，血染黃沙的戰場。我望着被陽光鑲上金邊的綠草，想像着戰爭的場面。走在前面的是手牽着手談天說地的隊友。我沉默不語，內心又是感慨，又是感恩。

記得那晚走入一排排空座椅的露天劇場，古色古香的高高舞台，左右木柱上的聯語是「莫道戲場真夢幻，無非醒世大文章」，橫額四個大字「戲如人生」，我默唸着詩句，心想大夥兒下午只練了幾個小時的黃梅戲，一會兒就得在這「戲如人生」的舞台上粉墨登場，這些空位將不再空着，這些偶像們不管演得好與不好本身就是戲。小時候在鄉下看簡陋的露天搭台表演，又浮現在腦海裏，置身於這樣的時空，感覺迷離，似乎真有戲場夢幻之感呢。

十二個大人有時玩些簡單的遊戲比賽博君一笑，自己也玩得開心，何妨，做人有時不必太認真，間中做些傻傻的事情，調劑一下身心也挺好。有時接受挑戰做些自己想做而從來沒有機會做過的事，如走伸展台。雖然跨出虎度門的第一步是無比的艱難，但是一旦踏出舞台，卻讓我深深感受到，要接受挑戰，就必須勇往直前、義無反顧。完成任務時，那種興奮感，那種久久不能平息的快感，讓人回味無窮。

在呈坎有一塊石坎，當我們跨過去的時候，一對老夫婦在石框邊說着：「跨過這坎兒就一生無坎兒，順順利利。」六十年之間大大小小的坎兒走過無數，事到如今，所有的坎兒都不再是坎，新的坎兒也不當是坎。現在是新人，展開新的生命，如果從六十歲重新算起，現在一歲的我可以說收穫很大很大，這一年抵得上好多好多年呢。這一年是我最快樂的一年。

新的一年又開始了，你現在幾歲？你會是一個新生兒嗎？

二〇一六年一月

九齡後的年輕漢子

「我有一點好處，不囉嗦，不搶着說話，自覺身處靜聽的年齡，耳朵是大學嘛。」這是大畫家黃永玉在《比我老的老頭》裏面的話。他說的是張樂平和他，張是三十年代大陸出名漫畫家，代表作《三毛流浪記》，是黃永玉老師從小就崇拜的偶像，歷經了千辛萬苦才找到跟他見面的機會。

一月六號那個下午，我也和黃永玉當年一樣，靜聽大畫家大文學家說的每一句話。

二〇一五年年初楊凡送我一本《憂鬱的碎屑》，那是慶祝黃永玉九十大壽，節錄了他創作的詩歌、散文和小說的精華片段。我看了愛不釋手。楊凡知道高興極了，把黃永玉的近作《無愁河的浪蕩漢子》借給我看，有三大本七十萬字，還正在繼續寫。他書看得慢，要我看了跟他說一說。於是我晚晚讀到天亮，到了早上六點，興奮的跟他說裏面的精彩句子。

楊凡說他一月六號要到北京探望黃永玉，我就跟了去，我們搭早上八點的班機，六點就得出門，上機前一晚沒睡，飛機上的三個半小時談的都是黃永玉。飛機降落前，機長廣播北京溫度攝氏零度，我嘀咕着自己睡眠不足、衣服又不夠厚，一會兒不凍死才怪。

下了機直奔黃永玉老師家，車上播着古典音樂，公路兩旁大片的楊樹，司機說這樹到六月颳的都是白色的棉絮，就像六月雪。楊凡一到北京說的話也帶北京味兒，他問司機「老爺子怎麼樣？都好吧？……」左一個老爺子右一個老爺子的，彷彿回到了三十年代。車子很快的轉入太陽城小區，區裏見到一座座巨大的十二生肖雕塑，讓這小區充滿了藝術氣息，這些都是黃永玉的創作。

黃老師的女兒黃黑妮在門口迎接我們，輕聲的說：「爸爸睡着了。」我進門經過客廳，見到左側裝着聖誕燈飾的鹿角樹前，黃永玉靜靜的睡在沙發躺椅上，睡得很沉很香，我趁機參觀牆上的字畫，見到好大一張白描水墨荷花，從來沒見人這樣畫荷花的，那一枝枝生得密密的花莖直立着，幾乎比人還高，後來看了他的書才知道，他小時候生氣時坐着澡盆躲進荷花池裏，那張畫肯定是以小孩子在花叢裏的角度見到的荷花。

黑妮說爸爸醒了，我們趕快來到他眼前。他睡眼惺忪的，見了我毫不意外的說「你來啦。」彷彿見到舊相識。這倒令我小小的意外，因為楊凡事先沒跟他說我要來呀。

第一個問題請教他的是，素描該怎麼下第一筆，他不加思索的說：「不需要像，你先把形狀搞出來，看是橢圓或是圓的或其他形狀，對着你要畫的東西慢慢的畫，要專心畫才畫得好。」他盛情的拿出一疊畫好的荷花讓我挑，我受寵若驚，但還是忍不住挑了一張兩朵清淡的荷花。

重回到聖誕樹前的皮躺椅上，我坐在他身旁，就這樣聊了起來，提起他的表叔沈從文，他憶述：

「我問他有沒有上館子吃過飯？」他學着沈從文的語氣「有啊！我結婚那天是在館子吃的飯……，」「唉！他最後不寫文章可惜了。你知道，《邊城》改了一百遍。」心想，回去一定要翻出來一個字一個字讀。

黃永玉談起以前在贛南的鄰居蔣經國：「那時候他和蔣方良女士的一兒一女都還小，有一次村裏的朋友被急流沖走了，蔣經國即刻脫了衣服跳下水救人。」頓了一頓笑笑的說：「蔣經國很花的，他有很多女朋友。」在《比我老的老頭》裏有一段說他陪張樂平的太太去託兒所接孩子的事「辦手續的是位中等身材，穿灰色制服的好女子，行止文雅，跟雛音大嫂是熟人，說了幾句話，回來的路上雛音嫂告訴我，她名叫章亞若，是蔣經國的朋友，聽了不以為意，幾十年後出了這麼大的新聞，令人感嘆。」

聊了一會兒，他請我到餐廳的木桌旁，拿起筆墨，聚精會神的為我畫像，我靜靜的望着窗外，午後的陽光斜照在天井的屋簷下，偶而見到貓兒狗兒經過。不一會兒就畫好了，問我像不像，楊凡說：「啊喲！好有作家的氣質欸。」

我們又回到原來的位置繼續聊天，他說喜歡許鞍華《黃金歲月》裏跳躍式的拍法，我俏皮的說你看我們像不像戲裏蕭紅拜見魯迅的畫面。楊凡在一邊一直沒開口，這會兒他看不過去的指着我「你？蕭紅啊？」好像我高攀了她。

我和永玉老師談他的詩詞、散文、小說、談他交往認識的人物、談他書裏的句子。通常是我先開個頭，他就接着說故事，我像海綿一樣吸取他近一世紀的故事，眼睛盯着一雙閃着智慧光芒的雙眼，深怕錯過了任何一個細節，他家有九隻貓十五隻狗，都是他的最愛，貓兒狗兒出出進進的都不能打斷我們的對話。

他寫的一首詩《一個人在院中散步》

我告訴你
他想哭的時候微笑着，
有的鄰居盼望他死，

有的鄰居可憐他活。
他是動物卻植物似的沉默，
在院子裏散步，
別為他的孤獨難過，
因為所有的門縫裏，
都有無數對眼睛活躍。
奇異的時代培養細膩的感覺。
有的眼光像吮血的臭蟲，
有的眼光無聲的同情，
無聲的擁抱在閃爍。
一個人在院中散步，
寂寞得像一朵紅色的宮花。
明知道許多雙眼睛在窺探，
他微笑着，
彷彿猜中了一個謎底。

滿紙蒼涼，我問他誰在院中散步，他說：「是我。」

有一天朋友跟他說，江青要開會批鬥黑畫，他想自己畫的是睜一隻眼閉一隻眼的貓頭鷹，一定不會有事，沒想到天公開了他一個大玩笑，把他畫的貓頭鷹從第七張調到第一張，跟江青掛在一起。

「那天兩個人甩着兩個皮帶頭，一鞭鞭打在我的背上，背上的血和衣服都沾在一起，回到家太太高興的告訴我『今天是你的生日』，我把衣服脫了『給你看一樣東西』太太即刻掉眼淚。」他說他甚麼事沒經歷過，這事算甚麼，司馬遷被閹了，並沒有因此而頹靡不振！照樣寫出偉大的史記，這才是自由，他知道自己有更大的使命要完成，這才是真正的自由！」

事後他懷疑江青讀過《詩經・瞻印》第三節

哲夫成城
哲婦傾城
懿厥哲婦
為梟為鴟
婦有長舌
維厲之階
亂匪降自天
生自婦人
匪教匪誨
時維婦寺

黃永玉與我（二〇一五年，李輝拍攝）

黃永玉的現代版

聰明的男人能興起一座城
聰明的婆娘能毀掉一座城
唉！你這個聰明的婆娘啊！
你簡直是毛窠恩！簡直是貓頭鷹！
長舌的婆娘啊！
你是禍亂的根！
災禍哪裏是從天而降，
完全由你這婆娘製造出來
誰也不曾有人教你，
都因為你親近了這個壞婆娘！

他這樣形容年屆七旬已獨居多年的林風眠「一個偉大的藝術家照顧一個偉大的藝術家」。林不問政事，畫了一輩子畫，到了生命的終結。黃水玉如是描述：「九十二歲的林風眠，八月十二日上午十時，來到天堂門口。『幹甚麼的？身上多是鞭痕』上帝問他。『畫家！』林風眠答。很欣賞他這種寫法，幽默、無奈和滄桑，黃老師得意的説：「是啊！如果寫『去世』就太普通了。」

提起楊絳，「那個時候我跟錢鍾書、楊絳住一個院子，知道他們怕被打擾，我也很識趣，從來不主動找他們，到了過年送東西給他們，也是掛在門外把手上」聽他這麼說，我望了望牆上的大圓掛鐘，時鐘指着五字，時間過得真快，不知不覺已經聊了五個鐘頭。可他依然聲音嘹亮、目光如炬。

我們坐到六點，黑妮和楊凡說要出去吃飯了，他起身帶着我們走下樓梯，見他步履輕快，不但不需要人扶，連自己都不扶樓梯扶手。他從臥房的柗子上抱着一個大方盒，打開來看，是一匹兩隻前蹄向上躍起的銅雕馬，這馬栩栩如生，是他的創作。他知道我屬馬所以送給我，楊凡整個箱子都已經滿載了他送我的書，只好下次再拿。

一月六號下午和黃永玉老師交談的六個鐘頭，令我回味無窮，回港興奮的跟金聖華分享北京之行的豐收，金笑說：「這就叫做傾囊相授。」

黃老師今年九十一歲，還不斷的創作和繼續他的巨著《無愁河的浪蕩漢子》，他是我見過九齡後最年輕的漢子。

二〇一五年一月

黃永玉與我

我要把你變成野孩子

「我要把你變成野孩子！」「好啊！那我就變成野孩子囉！」這是九十一歲黃永玉和六十歲林青霞的對白。永玉老師興奮的要帶我去他的家鄉湘西，住住他的老房子，看看他修的橋，參觀他的橋上博物館。他要我接近泥土、貼近大地，並囑我下次不要穿得這樣，要穿隨便一點。他哪兒知道我是為了見他特別穿得一身紅。

北京的四月天怎麼變得這麼熱？我一月進京探望永玉老師的時候，還想着穿棉褲呢，這會兒一件薄薄的開司米都穿不住。

四月二十號我和楊凡又一人拖着一個行李，滿懷熱情的上京拜見黃永玉，本來下午五點到的，飛機延遲三個鐘頭起飛，直到晚上八、九點才到太陽城。一進黃家門，見到還有其他客人在座。老師介紹的第一位客人是宋祖英。二〇〇八年奧運會在中國舉辦時，我在電視上看過她表演歌唱，她台風穩健，聲音清脆嘹亮，當時對她印象深刻，沒想到會在這裏遇見她。眼前輕妝淡抹的她更加年輕漂亮，忽然眼睛一亮：「你這件上衣我也有件一模一樣的，前幾天我還穿着它呢。」她也是在香港連卡佛買的，是一件圓領短袖，前短後長的紅色軟皮上衣。她淺淺的笑着說：「我是為了見你，特別回家換的。」永玉老師手執煙斗欣慰的笑着說：「你們兩位都屬馬。」短短數分鐘，拉近了我們之間的距離。永玉老師說得好：「她是山裏頭的人，是山裏頭的蘭花」，他們是同鄉，都是湖南人，老師很為這個從鄉下到城市，自己闖出一片天的姑娘感到驕傲。

第二天我們到果園吃西餐，面對湖邊的垂柳，美景當前，老師讚嘆不已。祖英聊起她和老師都是獅子座，老師一聲不響，抽出口袋裏的鋼筆就在小小的餐巾紙上畫將起來，那一根根線條組合成的獅子頭速描，竟是溫柔嫵媚，像極了祖英的神情，幾分鐘就畫好了，右下角寫着「獅子座」，簽上了黃永玉的大名和日期就遞給對座的祖英，我正在用iPhone錄下這段，祖英拿起獅子頭，對着我的鏡頭燦爛的笑，她高興得輕哼着歌，沐浴在這般風雅情境，真是酒不醉人人也自醉。

愛看黃永玉寫的書，更愛聽他說話，與君一席話勝讀十年書。他說：「我思考是貼着地的，若只在高處思考，寫出來

黃永玉畫

的東西就沒有意思，不好看。」看他的書幾乎可以聞到泥土和汗水的味道。他說小鳥在天空飛翔，從來不管地上馬路的規劃，我說您的書都沒邊的，自由奔放，沒有界限。

我總愛坐在永玉老師躺椅旁邊的小凳子上聽他說話，他也總是悠然的想到甚麼說甚麼，他說的每一句話都是文學的養份，我專注的豎起耳朵望着他炯炯有神的雙眼，深怕漏掉一個字。說到寫作，他立刻走到房裏找出《亂世佳人》，大聲的朗讀開頭第一段：「那郝思嘉長得並不美，但是男人一旦像唐家孿生兄弟那樣給她的魅力迷住，往往就不大理會這點……。」老師說米契爾第一句寫郝思嘉長得不美，後面形容得她都是美的，他說《亂世佳人》第一句就寫得好。

九齡後的黃永玉還是不停的在創作，每年都會畫生肖月曆和做雕塑，最近還為瑞士作家迪倫馬特《老婦還鄉》的話劇設計舞台，手上有近百萬字的大書《無愁河的浪蕩漢子》等着他完成。時間從我們的談話間一分一秒的過去，突然，他如大夢初醒，像是在詢問我，又像是自言自語「怎麼一下子就九十了？我甚麼都沒做。」我聽得傻了眼，他辦學校、建設家鄉、不懈的勤奮創作、不斷有新作品呈現，竟然還感覺自己沒做事，怎不叫我慚愧萬分。

「將來我要離開的話，骨灰都不拿回來，多好，旅行不用買飛機票。」說得既瀟灑又俏皮。「我這一生六個字，『愛』、『憐憫』、『感恩』」。他只說了五個字，或許沒說的那個字藏在他內心的最深處，只有他知道。

二〇一五年四月

花樹深情

聖華文章寫道「曾經，樹有千千花，心有千千結；如今，樹有千千花，人有千千福！」聖華過盡千帆，能夠有此領悟，必定是有福之人。

時光悠悠，不知不覺我和聖華相知相交竟已超過了十年，回想這一路走來，我和她互相扶持着渡過雙方父母離世的苦痛，同時也攜手走出陰霾，對自己目前所擁有的一切懷有感恩的心態。

見她的第一面，一身酒紅色套裝，輕盈優雅的走入我家大廳，彷彿就在昨天。當年她應該是我這個年齡。她受朋友之託，在百忙中抽空帶了幾本英文翻譯成中文的小說，到我家來跟我一起讀，使我在欣賞到好的作品同時也學習了英文。因為談得來，又覺她值得信賴，我們成了無話不談的好朋友。她是我結交的第一位有學識、有博士頭銜又是大學教授的朋友。之前總以為這樣的人必定會比較古板，想不到她對美是特別有追求的。我非常欣賞她那獨特品味的裝扮，從她服裝的顏色、布料、飾物的搭配，你可以感覺到一股文化的底蘊，但款式並不離潮流。這十數年我們從沒有間斷過聯繫，在與她交談的過程中，潛移默化的學到許多知識和常識，良師益友用在她身上最是恰當不過了。

她的著作《樹有千千花》，對於夫君 Alan 的不捨、思念，借花寄意，化成了一首〈盆與花〉的美麗詩句。

你是花盆，我是花，
盆子保護我，沃土滋養我，
雨來了，你替我盛着，
風來了，你替我擋着。

日出時，芽抽新葉，
晨光中，含苞閃亮，
盆兒笑盈盈：「快快綻放！」

正午時，新苞茁壯，
驕陽下，顧盼輕搖，
盆兒興沖沖：「努力向上」

黃昏時，綠葉滿枝，
暮色裏，花開燦爛，
盆兒樂陶陶：「再攀再攀，
——告訴我，窗外是否依然好風光？」

夜臨時，花枝仍在，
星光下，花盆碎了，
花對盆說：「你累了，好好休息。
相依相守五十載，你的情意，定不辜負
——我會挺下去！」

第一次見Alan，眼前一亮，他濃眉大眼，高大英俊，彬彬有禮。平常總是和聖華單獨見面聊天，間中在飯局裏見過Alan幾次，他一貫的紳士風度，西裝筆挺，經常會在餐廳門口等着接我。最後一次見面是在半島酒店，那是聖誕前夕，半島大廳的燈飾裝點得熱鬧輝煌，他即使病體虛弱，見了我還是要站起來讓座。他對聖華照顧周到，凡事不讓她操心，聖華也依賴他，夫妻鶼鰈情深。已經四年了嗎？Alan已經走了四年了嗎？時間過得真快，這四年裏我做了甚麼？哦，我出了兩本書，即使聖華在喪夫的哀傷中仍不忘鞭策我寫作出書。聖華溫柔嬌弱，在接到Alan得病的惡耗，我很是擔心她經受不住，她卻有着讓我意想不到的堅強，數個寒暑強忍住內心的焦灼和不安，耐心的陪伴夫婿進出醫院和診所。

或許傷痛以另一形式為窗口，聖華嗅覺消失，聽覺減弱，身上經常有些小病小痛，但她都能以樂觀的態度面對，昨晚我們還在笑談她是「與痛共舞」，相信她休養生息後必會慢慢回復正常。

〈樹有千千花〉一文結尾「凝看窗外，艷色盈目，今時今日啊！它管它在樹上開花，我由我在心裏種花，我們隔窗互望，相視而笑！」

見她如此瀟灑，我們異口同聲說「與痛共舞！」「把痛吃掉！」

二〇一六年四月

二〇〇九年，金聖華、Alan Fung 與我。

賺到

一九七八年我在拍《晨霧》的現場，一位資深記者帶着一個瘦瘦的氣質不凡的女孩到現場，說她是《民生報》新上任的記者。趁拍片空檔我跟她聊了一會兒，她竟能洋洋灑灑寫出七八篇我的心路歷程，並且不偏離事實，我非常驚訝，電話裏直誇她寫得好。

從那些篇文章以後，《民生報》有關我的新聞幾乎都出自她的手筆，她的新聞稿寫得真實，從不刻薄，甚至有點仁慈，讀者喜歡看她寫林青霞，連我自己都喜歡看高愛倫寫林青霞。

有一年除夕夜，電影公司老闆、演員和新聞界的朋友，都齊集在愛倫家賭三公，老闆把把都輸，愛倫突然大叫「不要玩了！」因為她覺得老闆有故意放水的嫌疑。我不相信，過去翻老闆手上的牌，果然是作弊，假裝輸錢讓大家開心。愛倫愛朋友，她隨時隨地都為朋友着想、保護朋友，所以她相識滿天下。

跟愛倫相遇相知四十年，眼看她從一個初生之犢到紅牌記者到總編輯；眼看她從幸福快樂的婚姻生活到斯人獨憔悴，再到《此刻最美好》。萬萬沒想到，年過花甲的她，竟然跑去演電影。

年輕時愛倫不打扮不化妝，現在雖然是一頭白髮，卻穿着鮮艷，口紅和笑容，令她前所未有的好看。

高愛倫（照片提供：三采文化）

愛倫性格剛烈，在她第一段甜蜜婚姻的初期，我到她家去，見她家電視用布蓋着，她叫我打開看看，我一看，天呀！電視玻璃屏幕中間破了一個大洞，她說是她砸的，因為吵架。他倆倒好，雨過天晴之後互相解嘲彼此的瘋狂事蹟。她發脾氣把老公的西裝全剪破了，害得老公吃喜酒只得把西裝拎在手上；她氣極會站在街上撕鈔票；有一次吵得太厲害，老公一把剪刀插進自己的大腿裏，血流如注，她既驚嚇又心疼，兩個人抱在一起痛哭一場，我聽得膽戰心驚，心想，這個老公千萬不能有外遇，否則後果不堪設想。沒想到事隔多年，不能發生的事發生了，但她沒有傷人，也沒有傷自己，只是極度的傷痛，得了嚴重的精神官能症。受折磨的那些年，我常寫信安慰她鼓勵她，但似乎也幫不上忙，幸虧有她姊姊一路的照顧。

有一次回台灣，坐在她家客廳，見到她姊姊忙裏忙外的，我感激的對她說：「謝謝你照顧我的朋友。」

看了「相思至極，不敢輕提」寫她跟父親的幾個小故事，她只輕輕一提，已是深深的父女情。讓人羨慕，讓人心疼。故在此不敢多提。

夜裏家人都睡了，我獨自閱讀愛倫寫她現任老公185個性沉默的故事，寫得幽默生趣，我一再大笑出聲，黑夜裏就只聽到我嘎嘎的笑聲，我即刻傳簡訊給她，謝謝她讓我如此快樂，也喜見她找回失去多年的幽默感。

愛倫現在肯寫肯談她過去的痛、現在的樂，表示她已走過從前，過去的事再也傷不了她，現在她有個任她舞、愛她狂的185日日相伴。他們倆搬離巨星雲集裝滿許多人記憶的小公寓，曾經的熱鬧滾滾，曾經的傷心落寞通通放下，他們在基隆小區過着閒雲野鶴的生活，愛倫寫寫文章，185做做美食，兩個人快樂得不得了。

愛倫之前看過許多醫生，最後還是靠自己寫文章、出書「字療」，才真正止痛療傷。

我曾經說過許多安慰她的話，她笑稱我是林教授，有一句話她聽進去了「到你離開這個世界的時候，如果快樂多過痛苦，這一生就賺到了。」

經過人生的高高低低、跌跌撞撞，陷落之後的起死回生，現在她是無欲無求、隨心所欲，達到「此刻最美好」的境界。希望她從此刻開始，一直到往後的日子都是賺的。

二〇一八年十二月

F a y e

「青霞！」夜深人靜時接到電話，那聲音帶着親切和喜悅，照理說應該是熟人，我卻認不出。「我是Faye！現在洛杉磯，四月三、四號會到香港，很想跟你聊聊，希望你能多給我一點時間。」「當然，當然，父親在世的時候，常跟我提起當年在美國時你對他和母親的照顧，要我好好的對待你。」

Faye曾跟我讀過同一所學校金陵女中，也曾拍過兩部電影，但那時候我們並不認識。不記得是怎麼認識的，只記得二十二歲那年我在香港拍《紅樓夢》的時候，她來我住的喜來登酒店跟我和母親聊天的情景，她和母親的話題大多圍繞着為我找對象的事，清晰記得她拿出正在交往的男朋友照片，瘦瘦高高，學醫的，母親最喜歡有學問和做醫生的人，她羨慕得口水都要流出來了。後來她嫁給了那個相中人，做了麻醉醫生的太太，生活非常富裕。

人生在世短短數十年，有些朋友的交往就像天空的流星，在人生的旅程中偶而交錯，燃起了刹那的火光；有時像是飄落的雪花，不經意的重疊，短暫的互擁着冷冽的哀傷，我和Faye就是這樣的朋友，在彼此六十年的生涯中，相見不超過六十個小時。七六年到美國拍《無情荒地有情天》的時候，母親在洛杉磯買了棟房子和她做鄰居。那些年我在港台拍戲忙得如火如荼，父母跟 Faye 和她的父母來往的機會較多，彼此也成了朋友。記得那年她哥哥帶我和母親到迪士尼樂園遊玩，她哥哥高大憨厚，淺啡色的鬈髮，笑起來跟她一樣嘴角兩側有兩顆小小的酒窩，我們見面後的第二天，他到家裏來，手上拿着一疊紙張給母親看，那些是他的畢業證書和學校得的獎狀，他一一解釋給母親聽，等他離開後，我問母親：「他為甚麼要給你看這些東西。」母親神秘的笑着說：「他是來提親的。」從此我再不願跟他見面。

許多年之後，有一次 Faye 來香港，我們一起喝咖啡，那時她父母已不在，我父母搬回了台北。我問她一切可好，她語氣平靜的說：「最大的感受是兄弟姊妹都散了，已沒有凝聚力，有些也不來往了。」突然間眼淚從眼眶裏大顆大顆的湧出來，她立刻掏出紙巾摁了摁，我一時傻眼，不到一分鐘，她已好端端的繼續其他話題，妝也沒花，每一個人表達悲傷的方式都不同，這才是真實的人生。

二〇一五年四月三號晚上跟 Faye 在四季酒店大堂相見，「青霞！」她燦爛的迎向我，還是一如往常的那樣美麗耀眼。我們從四季酒店經過連卡佛百貨公司走到 IFC 大樓的利園餐廳吃晚飯，她踩着 Jimmy Choo 露腳趾的銀色六寸高跟鞋，穿梭在琳瑯滿目的名牌服飾間，身上 Dolce &

Faye

Gabbana白花綠葉閃着大顆水晶的背心裙，隨着她的步伐旋轉着，鬈曲的長髮也跟着在空氣中來回蕩漾，談話間又不時跟我擠一下眼睛。我則一雙平底軟鞋，卡其長褲配針織上衣，走在她旁邊更顯得她神采飛揚、搖曳生姿。

我們坐定在餐廳的卡座裏，這才仔細的端詳對方，雙方竟然無視於歲月的痕跡，我說她還是像三十多年前在喜來登酒店和母親談天的Faye，她說我就像拍《窗外》的時候一樣。我想我們看到的是大家不變的本質。

Faye的笑容依然甜美，做的事卻讓我望塵莫及，她說她正在跟洛克菲勒家族合作一個項目，產品是一種可以代替石油的自然液化氣體，做好了可有幾千萬幾億美金的收益。這玩意兒我聽都沒聽過，對我來說簡直是天方夜譚。她見我眼光落在她的手指上，這才收起了笑容：「我得了類風濕性關節炎，手指都伸不直，又不願吃猛藥，怕會掉頭髮。」我知道這種病的嚴重性，頻頻叮嚀她要正視這個問題，要她把身體當事業來經營，否則賺再多錢也沒用，她很認真的聽我說：「所以我想好好跟你聊一聊。」我因為要搭夜機去澳洲旅遊也不能多聊，飯後她送我到門口搭車，我輕輕的托起她的手臂，赫然發現她手肘關節處凸起的變形肉球，心裏一陣酸楚，她眨着眼苦笑的說：「我不去想它，日子還是照過。」

我緊緊的擁抱她表示安慰和支持，上了車眼睛沒有離開她，她立在四季酒店門口人群中，我彷彿見到鶴立雞群的火鳳凰在跟我揮手。

二〇一五年五月

封面故事

很怕拍封面照，一是怕辛苦，一是怕年紀大了拍出來不好看。大女兒邢嘉倩多次游說我給中國《ELLE》服裝雜誌拍封面，我都拒絕了。前幾天她又提起可以找Kim Robinson做頭髮，Zing化妝，張叔平做服裝指導，陳漫攝影，還有卡地亞的珠寶和許多名牌服飾，這個陣容實在太強大了，也是我喜歡和信任的組合。我說你要真能找到他們我就拍，她本事大得很，兩三天就搞定，十一月十五號拍照，十二月二十號就刊出，效率可真快。

十五號晚上六點，我頭髮半乾，穿着一身灰色家常服，脂粉未施，披着一條Hermes灰色大披肩走進攝影棚，裏面滿滿的人，一隊《ELLE》雜誌的工作人員，他們一一自我介紹，一下子也記不住那麼多，還是先做事，只見地上兩排高跟鞋，三排衣服，陳漫先選好幾套，張叔平為我搭配珠寶首飾。不一會兒叔平說有人拿槍進來了，我往外望，還真有兩個穿着軍綠裝的人架着長槍，不用說，他們肯定是護送珠寶的，氣氛當場肅穆起來。
開始寫作後，對周圍的人、事、物會更加好奇和關注。知名化妝師 Zing 近距離對着我的眼睛擦眼影、畫眼線，他左右耳一邊一顆三克拉鑽石耳環在我眼前閃呀閃的，彎腰替我塗脂抹粉，胸前的鑽石十字架前後左右的搖晃，一頭乾淨利落的光頭，永遠的 Chanel 套裝，身後左右兩個女助手為他打燈和遞化妝品。在我化妝的同時還有一個女孩正低頭為我修指甲呢。Kim 進來了，身後三個帥哥助手，全是白襯衫黑褲子，我見他進來時那眼神，好像對門口的警衛很不以為然。
陳漫到鏡子前檢查我的妝，她見我沾到一半的假睫毛，聲音懶懶不輕不重的跟 Zing 說：「其實青霞姊剛剛進來那樣就很好，頭髮亂亂的很自然，你把眼皮弄成剛才她進來油油的那樣，那眼睛特亮。」我跟 Zing 都愣住了，跟剛才一樣，那不就是我起床的樣子？那能見人嗎？上次她幫我拍照的時候也這麼說。

Kim Robinson 髮型、陳漫攝影

陳漫攝影

陳漫邊走回攝影機前邊說：「化了妝拍得漂亮很容易，最重要是把青霞姊的特質拍出來。」說真的，只有她可以拍出我的氣質，她絕對是個藝術家。《雲去雲來》的封面就是她拍的，那張半側面照片，獲得一致好評，是我的構想，她幫我完成，許多人看了都在打聽攝影師是哪一位，都想認識她。

攝影棚當中有一小方塊地方，周圍的簾子全拉上就成了個小更衣室，我的秘書和另一位陌生女子動作迅速的把簾子拉好以免走光，利落的幫我扣上束腹的鈎子，衣服一件件往我身上套。每個人都在動的時候，突然發現簾子裏的黑皮沙發上，大女兒嘉倩裹着 Lanvin 黑白羊毛長大衣，靜靜的，一動也不動的縮在那兒，「怎麼了？有心事呀？」女兒皺着眉頭有氣無力的點點頭，我反而笑着說：「你看，我們全世界都在動，只有你不動，這樣的反差是不是很有趣。」

我一張素臉在鏡頭前面，陳漫說口紅也不需要畫，阿 Zing 還是多少加了點自然色，他幽默的說：「總得做點事。」

第二套拍黑皮緊身裙，這套有點嫵媚，還真需要假睫毛增加情趣，這妝需要點時間畫。我發現鏡子後方不遠處，Kim 拿起他的金剪刀，正幫女製片剪髮，現場的工作人員都非常羨慕她。到我梳頭了，陳漫說要亂，Kim

三兩下不到就弄個大風吹的髮型。換上一套白西裝，Kim又幫我梳了個更亂的髮型，比雞窩還亂，他們都是頂尖的專業人士，我由着他們擺布。白西裝衣領配上Cartier的豹紋胸針，是張叔平先配好的，有型有格。

我一投入工作就忘了時間，從進場到拍完，足足花了七八個小時，拍完了才覺得累，我一邊喘息一邊望着放出照片的屏幕，這時候才有時間認識一下周圍的工作人員。我讚嘆着大陸這些年的突飛猛進，培養了這麼許多人才，攝製團隊、服裝雜誌團隊，都在自己的崗位上獻出才能。我笑着說陳漫簡直會飛了。

成功絕對不是偶然的，Zing化妝一點也不馬虎，他眼睛專注的盯着我這張臉，後面兩位女助手也瞪大眼睛緊盯着我，Zing目不斜視的說：「燈！」助手慢了點，他加重語氣：「光！」兩個助手趕忙拿出手機的電筒對着我，Zing轉頭一瞪，助手囁囁嚅嚅的說反光板沒電了。平常人畫口紅用不了幾秒，他畫我的紅唇，功夫可大了，陳漫一句要粉而不亮的唇，他花了好長時間畫，就像畫一幅畫一樣，先擦護唇膏、再上口紅、畫唇邊、最後撲上大紅的粉，修修改改，直到滿意為止，我估計他花了半個鐘頭。那紅唇確是美艷。

Kim Robinson是世界級高手，他是澳洲人，來到香港幾十年，曾

《ELLE》封面（陳漫攝影）

經幫英國戴安娜王妃吹過頭髮。他說有一次被請到香港文華酒店吹頭髮，按了總統套房的門鈴，開門的竟然是戴安娜王妃，嚇死他。他說王妃平易近人，跟他閒話家常，吹完頭王妃謝謝他，他真誠的說所有的人都喜歡為你服務，王妃幽幽的說：「我只需要一個人對我好。」Kim是個藝術家，女人頭髮經過他的手，即刻變得有靈氣、有動感和顯得人年輕。Kim最大本事是，可以使你的短髮看起來長，頭髮少看起來多，頭髮厚看起來輕，他有一雙鷹眼、一對魔術手，經他修過的頭髮，可以說是藝術作品。他是誰都不服氣，就服陳漫。我和女兒拍到一半的時候，陳漫要 Kim 整理一下頭髮，Kim 樂意的笑着跪爬過來，樣子滑稽又好笑。

這次拍封面照見識到專業團隊的大製作，這擠滿各界精英的千多尺地方，簡直是大千世界，充滿了能量。

記得三十八年前到楊凡家拍《明報周刊》的封面，就只楊凡一個攝影師、我和我母親三個人，楊凡到現在還記得我媽在現場剝大閘蟹給我吃的畫面，他到現在說起來還感動呢。

二〇一五年

像文化那樣憂傷

下雨的石板路上，
誰踩碎一只蝴蝶？
再也撿拾不起的斑爛……
生命的殘渣緊咬我的心。
告訴我，
那狠心的腳走在哪裏了？
……
不敢想
另一只在家等它的蝴蝶……
（〈像文化那樣憂傷〉）

這是一首黃永玉獻給邵洵美的詩，短短幾十個字，勾勒出邵洵美六十三年的生命。

邵洵美是出身於名門的富家子弟，十幾歲就到英國劍橋大學留學，二十歲回國娶了清朝大臣盛宣懷的孫女盛佩玉。曾辦金屋書店和新月書店，出版過《論語》、《萬象》等九種刊物和抗日雜誌《自由譚》，早年推崇「為藝術而藝術」，風流倜儻才

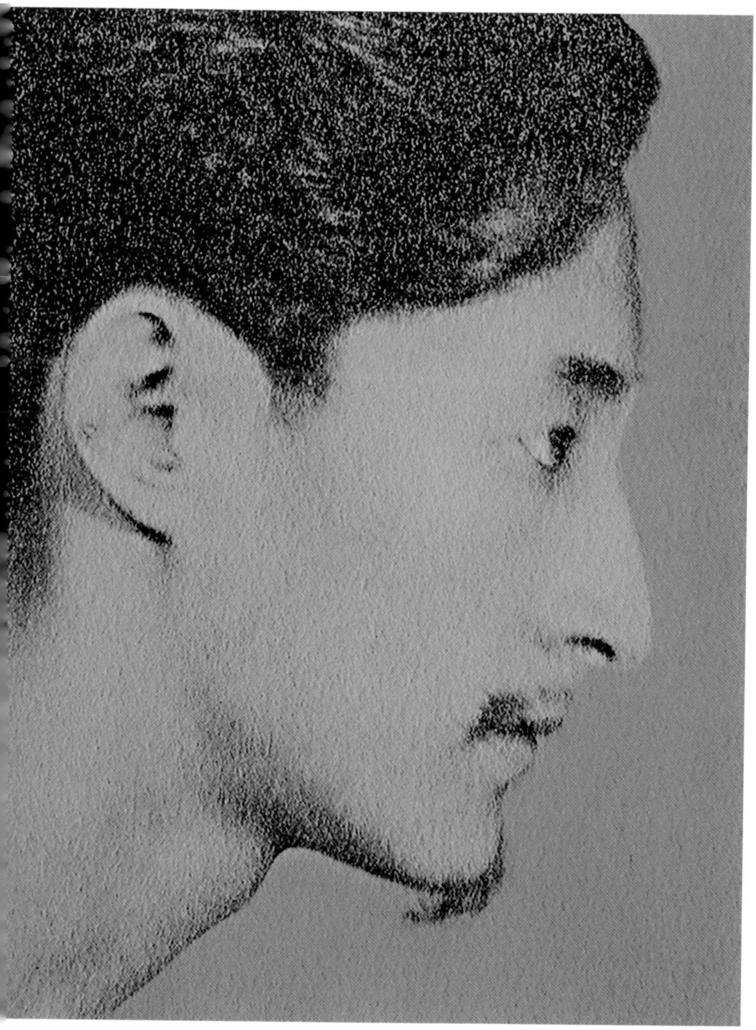

邵洵美

情相貌均可與徐志摩媲美。這是他說過的話，「假使我十幾年的文章、談話、行為、態度，沒有給人比較深刻的印象，至少我的不愛金錢愛人格，不愛虛榮愛學問，不愛權利愛天真，是盡有着許多事實可以使大家回憶的」。世事無常，因為早年在巴黎與一些志同道合的藝術家組成「天狗會」，與徐悲鴻夫婦、國民黨要員張道藩、謝位鼎等過從甚密，導致一九五八年被捕入獄。文革前出獄，聽説生活窘迫，連睡覺的床也賣了，睡在地板上，一九六八年在貧困交迫中去世。

過年期間在家裏讀書，一本《儒林新史》——邵洵美散文式的回憶錄，記錄了一些二三十年代他在巴黎、倫敦和上海的生活。因為之前曾在報紙的副刊讀過他女兒邵綃紅寫他的故事，也看過王璞寫他和美國女記者項美麗（宋氏三姊妹作者）的一段異國情緣，再聽説他是現代曹雪芹，人生的起伏、才情的高低也酷似曹雪芹，所以對他特別有興趣。

在〈巴黎的春天〉一文裏，得知他會經常在下午帶着畫夾和木炭，跑到一所深灰色的房子，和來自美國、英國、法國的男男女女擠在一起，對着一個七八寸高台上的赤裸女子畫畫，

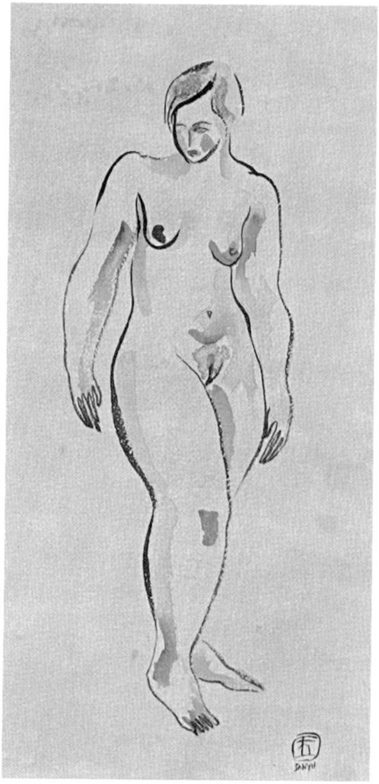

裸女每五分鐘換一個姿勢，他坐兩個鐘頭，可以畫一二十張速寫。他的朋友常玉就最喜歡這樣消磨下午。常玉在世的時候非常窮困，我前幾年在蘇富比拍賣會的展覽會上，看到一幅有六七位肥臀、細胸、短髮的裸女油畫，好像他畫的裸女都是這樣的體態和髮型，只是姿勢不同，我床頭小小的一張也是這種形態的，敢情這些畫，畫的就是高台上的女子？蘇富比那張估價七億港幣。

　邵洵美在巴黎的春天過得非常寫意，文章最後兩句「也有時候所謂『春心發動』起來……

寂寞的苦悶。」

咳，巴黎的春天，我終於辜負了你！」

相信這就是他得意的句子，他曾說「寫到一句得意的句子，彷彿創造了一個真正的知己，自己讀來正像是和另一個自己在談心，一生再不會受到寂寞的苦悶。」

邵洵美和徐志摩初次見面這一段也有趣，因為他們兩人都是長臉型的人，都長得俊俏，也都唸同一所大學，所以邵洵美有時會被誤認為徐志摩，同時雙方也常聽朋友講起對方。有一天在巴黎街頭，走在他前面的一位朋友，回頭看到邵，立刻把他拉了過去，高聲地狂叫「來了，志摩，我把你的弟弟找來了……」沒等朋友把話講完，徐志摩早已拉住了邵的兩隻手說「弟弟，我找得你好苦！」徐聽說邵也是劍橋的，便親切的問他：

「天天到不到大學後背去划船？」

「你的方帽子和黑披肩是新做的，還是從老學生那裏去買來的舊的？」

他們在附近的咖啡館裏聊了一個多鐘頭，徐第二天就搭船回中國。邵憶述「這一個鐘頭裏幾乎是徐志摩一個人在講話，可是他一走，我在巴黎的任務好像完了，原來我已經看到我所要看到的東西了。」

邵洵美說維金尼亞．吳爾芙寫的《自己的房間》是一部聖經，我床頭就正擺着這一本書，但我實在詫異，他有千千萬萬的書，光是他大伯留給他的遺產就有四十大箱兩萬冊詩書，怎麼會偏偏看中這一本？

《自己的房間》是吳爾芙在劍橋大學的演講詞，題目是「婦女與小說」。十九世紀前男人創作詩歌小說是理所當然，女人寫作卻被忽視。十九世紀早期中產階級家庭只有一間起居室，如果一個女子要寫作，她必得在大家共用的客廳中寫作。珍．奧斯汀從頭到尾都是在那種情形下寫作，所以吳爾芙說「一個女性假如要想寫小說，她一定得有點錢，並有屬於自己的房間。」莫非邵洵美真如賈寶玉？如曹雪芹那般的憐香惜玉？

邵洵美喜歡在晚上看書寫作，一不小心就寫到天亮。他雖有書房，但客廳、臥室、洗手間、桌子椅子底下到處都是書，所以他說也沒甚麼書房不書房的，他喜歡在床上看書。想不到時間、空間相差如此遙遠的我和他，竟然會有相同的生活習慣和共同的喜好。

「邵洵美：被低估的最為嚴重的現代文化人」，我合上書本輕輕讀着《儒林新史》書帶上的字句。

二〇一五年四月

走近張愛玲

張愛玲寫的《小團圓》一出版我就買了，每次看看就放下，在床頭一放就是十一年。正如宋淇說的第一、二章太亂，有點像點名簿，可能吸引不住讀者「追」讀下去，我記人名最差，經常看着看着就走神。年頭因為新型冠狀病毒的關係，許多時間待在房裏，靠在床上看書，不時掃到床頭小桌上的《小團圓》，彷彿它在向我招手，於是我下定決心仔仔細細從頭讀到尾，讀到一半男主角邵之雍出現我就放不下了，驚心動魄的吸引着我看完。有些畫面非常熟悉，彷彿在《滾滾紅塵》裏出現過，心中納悶，我拍的時候《小團圓》還沒出版，三毛編劇時怎麼就知道劇情的？雖然之前大家都說我演的是張愛玲，我也沒去證實，那時候我沒接觸過張愛玲的書。看完《小團圓》我再拿出《滾滾紅塵》DVD仔細看一遍，發現劇情其實並沒有完全複製張愛玲和胡蘭成的故事，只是女主角沈韶華的身份是作家、男主角章能才是漢奸、戲的開場沈韶華被父親關起來、中場男主角避難期間女主角到鄉下去找他，發現他已經有了別的女人，從此分手，這一小部份像而已，其他全是三毛的精心創作。我估計三毛是從張愛玲早期的散文和胡蘭成的《今生今世》中汲取了創作靈感。三毛必定是非常欣賞張愛玲，她是在向張愛玲致敬。我倒真希望我演的是張愛玲，就算沾到一點邊也夠我沾沾自喜的了，尤其是現在自己也喜歡寫寫文章。

開始全面走進張愛玲的世界，是在一個多月前，新加坡朋友余雲傳來三十四集的許子東《細讀張愛玲》音頻節目，因為打不開，我第二天即刻買了幾本許子東的同名著作，自己留一本，其他分送給朋友，以便交流心得。在讀書之前，先把他要討論的文章看了，把平鑫濤送給我的整套張愛玲找出來，還有胡蘭成全集和一些有關張愛玲的書籍，一本一本看，這也是我第一次那麼有系統的讀書。

胡蘭成寫的「民國女子」真是把我迷醉了。他躺在院子草地上的籐椅曬太陽，看蘇青寄給他的《天地月刊》雜誌，翻到張愛玲寫的《封鎖》，不覺坐直起來，細細的把它讀完一遍又一遍，他覺得大家跟他一樣面對着張愛玲的美好，只有他驚動得要聞雞起舞。他在在一九四四年五月號上海《雜誌》寫一篇〈評張愛玲〉

——讀她的作品，如同在一架鋼琴上行走，每一步都發出音樂。

——和她相處，總覺得她是貴族。其實她是清苦到自己上街買小菜，然而站在她跟前，最是豪華的人也會受到威脅，看出自己的寒傖，不過是暴發戶。

這樣的知音難怪張愛玲第一次跟他見面就聊了五個小時，送她回家到衖堂口時，胡蘭成說：「你的身材這樣高，這怎麼可以？」原來胡蘭成並不高，還以爲他高大、帥氣、有書卷味，如《滾滾紅塵》裏的章能才。但只這一聲就把兩人說得這樣近。胡蘭成的語言和文字既感性又性感，讓心高氣傲的張愛玲卸了甲繳了械。據胡蘭成的回憶，張愛玲送給他的照片後面寫着「見了他，她變得很低很低，低到塵埃裏，但她心裏是歡喜的，從塵埃裏開出花來。」明知道他有兩個老婆五個孩子，還是跟他說「我想過，你將來就只是我這裏來來去去亦可以」。張愛玲愛得真慘烈。

最近一個月把能找到的有關張愛玲的著作、信件、訪問稿和學者的評論，統統放在床頭從晚上看到天亮，跟朋友聊張愛玲一聊兩三個鐘頭，朋友說我都變成張迷了，我開玩笑的說我不是張迷我是胡迷，胡蘭成的文字讓我陶醉，張愛玲讓我想一步一步的走近她，在文字的世界中與她相知。

張愛玲在「談看書」中引用法國女歷史學家佩奴德的一句話「事實比虛構的故事有更深沉的戲劇性，向來如此」，並說恐怕有些人不同意，不過事實有它客觀的存在，所以「橫看成嶺側成峰」。我向來喜歡看真人真事的書，總認為人家用真實的生命譜寫他們的故事是再珍貴不過了。張愛玲一生的傳奇和強烈的戲劇性絕對是毋庸置疑的。

張愛玲的外曾祖父是晚清重臣李鴻章，父親、母親和繼母都出身官宦之家，她卻沒有因此得到任何好處，只稍微提一提就被同期的女作家潘柳黛嘲諷「黃埔江淹死一隻雞就說成是雞湯」。張愛玲在九〇年代出的《對照記》裏有一段，跟祖父母的關係只是屬於彼此，看似無用、無效，卻是她最需要的，他們只靜靜地躺在她的血液裏，等她死的時候再死一次，最後一段只有四個字「我愛他們。」這麼莊嚴的四個字出自她的筆下讓我非常驚訝，她是如此孤傲，看她的文章似乎從來沒有寫過她愛誰的，可見她是多麼需要愛人和被愛，我看不出她父母愛她，也看不出她家人愛她。

←《滾滾紅塵》劇照。（林青霞提供）

走近張愛玲

最近一個月把能找到的有關張愛玲的著作、信件、訪問稿和學者的評論，統統放在床頭從晚上看到天亮，跟朋友聊張愛玲一聊兩三個鐘頭，朋友說我都變成張迷了。

⊙林青霞

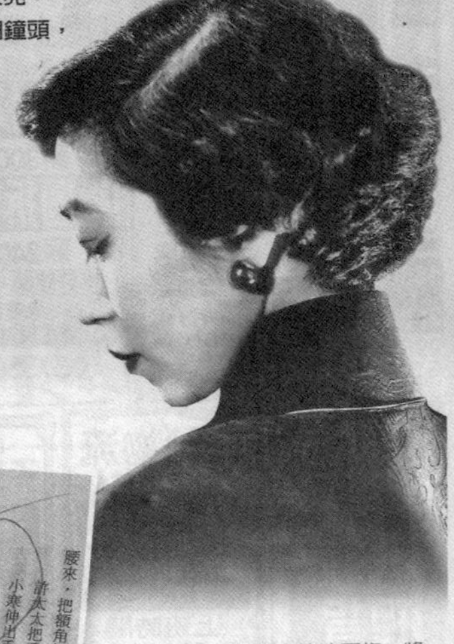

→張愛玲。（本報系資料照片）

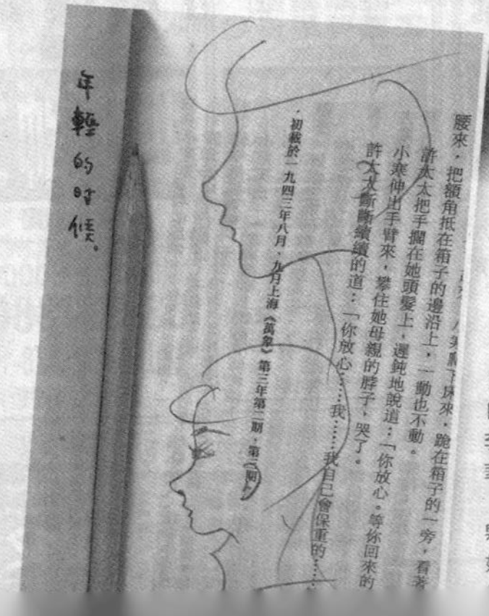

↓林青霞手繪圖。（林青霞提供）

張愛玲寫的《小團圓》一出版我就買了，每次看看就放下，在床頭一放就是11年。正如宋淇說的第一、二章太亂，有點像點名簿，可能吸引不住讀者「追」讀下去，我記人名最差，經常看著看著就走神。年頭因為新型冠狀病毒的關係，許多時間待在房裡倚在床上看書，不時掃到床頭小桌上的《小團圓》，彷彿它在向我招手，於是我下定決心仔仔細細從頭讀到尾，讀到一半男主角邵之雍出現我就放不下了，驚心動魄的吸引著我看完。有些畫面非常熟悉，彷彿在《滾滾紅塵》裏出現過，心中納悶，我拍的時候《小團圓》還沒出版，三毛編劇時怎麼就知道劇情的？雖然之前大家都說我演的是張愛玲，我也沒去證實，那時候我沒接觸過張愛玲的書。

看完《小團圓》我再拿出《滾滾紅塵》DVD仔細看一遍，發現劇情其實並沒有完全複製張愛玲和胡蘭成的故我陶醉，張愛玲讓我想一步一步的走近她，在文字的世界中與她相知。

張愛玲在〈談看書〉中引用法國女歷史學家佩奴德的一句話「事實比虛構的故事有更深沉的戲劇性，向來如此」，並說恐怕有些人不同意，不過事實有它客觀的存在，所以「橫看成嶺側成峰」。我向來喜歡看真人真事的書，總認為人家用真實的生命譜寫他們的故事是再珍貴不過了。張愛玲一生的傳奇和強烈的戲劇性絕對是毋庸置疑的。

張愛玲的外曾祖父是晚清重臣李鴻章，父親、母親和繼母都出身官宦之家，她卻沒有因此得到任何好處，只稍微提一提就被同期的女作家潘柳黛嘲諷「黃埔江淹死一隻雞就說成是雞湯」。張愛玲在九〇年代出的《對照記》裏有一段，跟祖父母的關係只是屬於彼此，看似無用、無效，卻是她最需要的，他們只靜靜地躺在她的血

說「江青那麼醜怎麼能演西施，將來電影一定不賣座」，江青跟我聊起一點也不介意，我們兩個還笑得不得了，我跟她說，被張愛玲點到名是你的榮幸。在紐約張愛玲去按李麗華的門鈴，她寫道「李麗華正在午睡，半裸來開門」。我問金聖華難道李麗華上面不穿衣服就來開門？金聖華笑說那表示衣冠不整。

張愛玲的文字像是會發光似的，每顆字都是一顆鑽石，閃閃發亮的串成好句子就像一條鑽石項鍊，讓你忍不

文和胡蘭成的《今生今世》中汲取了創作靈感。三毛必定是非常欣賞張愛玲，她是在向張愛玲致敬。我倒真希望我演的是張愛玲，就算沾到一點邊也夠我沾沾自喜的了，尤其是現在自己也喜歡寫寫文章。

開始全面走進張愛玲的世界，是在一個月前，有一位朋友傳來三十四集的許子東《細讀張愛玲》音頻節目，因為打不開，我第二天即刻買了幾本許子東的同名著作，自己留一本，其他分送給朋友，以便交流心得。在讀書之前，先把他要討論的文章看了，把平鑫濤送給我的整套張愛玲找出來，還有胡蘭成全集和一些有關張愛玲的書籍，一本一本看，這也是我第一次那麼有系統的讀書。

胡蘭成寫的「民國女子」真是把我迷醉了。他躺在院子草地上的籐椅曬太陽，看蘇青寄給他的《天地月刊》雜誌，翻到張愛玲寫的「封鎖」，不覺坐直起來，細細的把它讀完一遍又一遍，他覺得大家跟他一樣面對著張愛玲的美好，只有他驚動得要聞雞起舞。這樣的知音難怪張愛玲第一次跟他見面就聊了五個小時，送她回家到街堂口時，胡蘭成說：「你的身裁這樣高，這怎麼可以？」原來他不高啊？我還以為胡蘭成像《滾滾紅塵》裏的章能才那麼高大英俊而有書卷氣呢。但只這一聲就把兩人說得這樣近。胡蘭成的語言和文字既感性又性感，讓心高氣傲的張愛玲卸了甲繳了械。據胡蘭成的回憶，張愛玲送給他的照片後面寫著「見了他，她變得很低很低，低到塵埃裏，但她心裏是歡喜的，從塵埃裏開出花來。」明知道他有兩個老婆五個孩子，還是跟他說：「我想過，你將來就只是我這裏來來去去亦可以」，張愛玲愛得真慘烈。

最近一個月把能找到的有關張愛玲的著作、信件、訪問稿和學者的評論，統統放在床頭從晚上看到天亮，跟朋友聊張愛玲一聊兩三個鐘頭，朋友說我都變成張迷了，我開玩笑的說我不是張迷我是胡迷，胡蘭成的文字讓她，也看不出她家人愛她。

都說張愛玲對人情世故十分冷漠，讀完《張愛玲私語錄》才知道她情感之豐沛。宋淇、鄺文美夫婦對張的才華極度的欣賞，以致於在精神上和生活細節上無條件的付出。在他們四十年的書信往來中，充分感覺到張愛玲的溫暖和柔情的一面。一九五五年張搭船赴美國紐約，送船的只有宋淇夫婦，船一離港她就痛哭不已，她母親黃逸梵自她四歲起就經常理箱子遠赴重洋，她也只是淡淡的，並沒有哭。在美期間張一天總要想起鄺文美兩次，生活上發生的事情她已先在腦子裏跟鄺說了一遍，看到善良優雅的好女子也總要拿鄺比一比，結果還是感覺鄺勝於她們。到了八零年代他們三人都患有重病，信裏互相慰問和勉勵對方，即使病體欠安，宋氏夫婦還是為張愛玲奔波張羅，鄺文美經常為她跑郵局，張愛玲寄了三百塊美金給她，讓她付些雜費和計程車費，我又一次驚訝，鄺的付出豈是三百美金了得的，鄺也感尷尬，但為了避免張尷尬只好收下，張事後還解釋這是跟她姑姑學的，什麼都要算得清清楚楚，一九五七年她母親黃逸梵在英國去世前曾寫信給她想見她最後一面，張也只在回信中寄了一百塊美金，但她卻在臨終前立下遺囑把著作權、遺產全都給了宋氏夫婦。他們三人之間的信任和深厚的情感人間少有。

張愛玲在一九三九年，她十九歲時寫的〈天才夢〉，最後兩句「生命是一襲華美的袍，爬滿了蝨子」，彷彿她一早就預知自己的未來，或是她一早就設定一個無形的牢籠，自己一步步的走進去。在《小團圓》裏做母親的蕊秋對女兒九莉說：「我只要你答應我一件事，不要把你自己關起來。」張愛玲真實的人生裏，生命最後十幾年被蝨子所困，她把自己關起來誰也不見。記得一九八一年我在舊金山，獨家出版張愛玲書的皇冠雜誌社社長平鑫濤打電話給我，他在加州，想跟張見一面，她都不肯見他。那段期

↑張愛玲手繪圖。（林青霞提供）

間她幾乎每個星期搬一次家，住過許多汽車旅館，因為皮膚病的關係一天要照十三個小時的日光燈，每半個小時要用水把眼睛的蟲洗掉，臉上的藥膏被沖掉又要補擦，這樣一天共花二十三個小時在日光燈下，我直覺認定這是一種精神上的病症，照理說不可能換那麼多地方還有蝨子，眼睛也不可能會生蟲，於是我打電話請教精神科醫生李誠，李誠懷疑是驚恐症和身體上的幻覺，嚴重了會感覺蟲在身上爬，我說其實是不是並沒有蟲？他說是的，但他說這是可以醫治的。

我認為張愛玲是生命的鬥士，她在一九六八年接受殷允芃的訪問時說「人生的結局總有一個悲劇。老了，一切退化了，是個悲劇，壯年夭折，也是個悲劇，但人生下來，就要活下去，沒有人願意死的，生和死的選擇，人當然是選擇生。」想想她一個人在加州，自己不開車，要看牙醫、要看皮膚科醫生，還要不停的搬家，但她從來沒有放棄過，努力的活著。最終在一九九五年九月九日，被發現在洛杉磯Westwood家裏靜靜的離開人世。她的遺囑執行人林式同去接收遺體時記載當時的場景，他說張愛玲是躺在房裏唯一的一張靠牆的行軍床上去世的，她的遺容安詳，只是出奇的瘦在太平洋上，灰白的骨灰襯著深藍的海水向下飄落，被風吹得一朵朵，在黃色的太陽裏飛舞著，灰落海裏，上面覆蓋著一片片紅玫瑰與白玫瑰花瓣。張愛玲的一生比任何虛構的小說都富有深沉的戲劇性。

張愛玲的名氣沒有因為她離開人間而降低，她的文字留下了數不清的經典句子，她說：「成名要趁早啊，來得太晚，快樂也不那麼痛快。」相信張愛玲一生最快樂最痛快的日子是一九四三年和一九四四年，那是她創作的高峰期，多產而佳作連連，就像她形容曹雪芹的《紅樓夢》是現代小說一樣，她即使寫於半個世紀前的作品，現在看起來亦是非常當代。《紅樓夢》有紅學，張愛玲也有張學。她在二十三歲已經大大享受到成名的快樂了。

張愛玲是在成名初期認識的胡蘭成，在胡蘭成眼裏張愛玲是民國世界的臨水照花人，他說看她的文章只覺得她甚麼都曉得，其實她卻世事經歷得很少，但是那個時代的一切自會來與她交涉，好像「花來衫裏，影落池中」。你看要不要命。一個作家能夠得到如此懂得她的知音，怎麼都值了。他們精神上吃得飽飽的，胃口倒無所謂。據胡蘭成最親密的姪女胡青雲的口述回憶錄《往事歷歷》中描繪「他們家裏只有兩個碗，一個大碗一個小碗，大碗是胡蘭成用，小碗是張愛玲用，小菜只有一隻罐頭，油燜筍。從廚房裏開好拿出來，也沒倒出來，直接吃，別的菜一點也沒有。」

三毛生前曾經跟我約定一起去旅行，帶著我流浪的，但最後她卻步了，理由是我太敏感，很容易讀出她的心事。我也曾想過如果在張愛玲面前肯定無地自容，她的眼睛像X光，裏裏外外穿透人，在她文章裏，對人的外表、長相、穿著、動作都有詳盡的描繪，連人家心裏想什麼她都揣測得很深，正如胡蘭成說她聰明得似「水晶心肝玻璃人」。張愛玲在文字裏提到過我朋友江青，她在給夏志清的信上火辣燙傷了一樣」，我心絞痛，因為她把那痛徹心肺的感受透過筆尖真實的呈現在你心上。她那特有的張氏幽默，看得真過癮。在散文《私語》裏，她形容她從被關了半年的父親大宅裏逃出，「每一腳踏在地上都是一個響亮的吻。」緊要關頭叫了黃包車竟然還要講價，並且高興著沒忘了怎樣還價。在〈第二爐香〉那二十一歲的英國女孩愫細，純潔天真得使人不能相信，她和四十歲大學教授的新婚之夜，穿著睡衣蹬著拖鞋狂奔的逃出夫家，拖鞋比人去得快，人趕上了鞋，給鞋子一絆。這麼生動的電影畫面隨處可見，讓你難以忘懷。

短篇小說〈年輕的時候〉第一段「潘汝良讀書，有個壞脾氣，手裏握著鉛筆，不肯閒著，老是在書頭上畫小人。他對於圖畫沒有研究過，也不甚感興趣，可是鉛筆一著紙，一彎一彎的，不由自主就勾出一個人臉的側影，永遠是那一個臉，而且永遠是向左。」我看了心裏一驚，那不就是我嗎？我讀初中時一樣喜歡在課堂上用單線畫女孩的側面，也是臉向左方，我立刻拿出鉛筆在書上畫出我當時畫的側面女子，發覺嘴巴那塊不成比例，又畫另一個，靈光一閃在額前一勾，代表覆額頭髮。後來在《沉香》發現張愛玲一張女士速描額前那一勾，竟然跟我勾得一模一樣，難道她也是隨手一勾的嗎？我拍過的一百部戲唯一一次演作家，角色竟然以張愛玲為原型。這千絲萬縷，到底還是與張愛玲有一線牽。

一九八八年秋天，我拎著兩盒鳳梨酥，爬上三毛在台北寧安街四樓的小公寓，聽她讀《滾滾紅塵》劇本。三毛一句一句的唸給我聽，讀到興起她播著四零年代的音樂，站起來一邊踩著舞步一邊演給我看，我陶醉在她忘我的演繹中。現在想起，原來當時她的身體裏住著三個作家，一個三毛自己、一個張愛玲、一個劇中的女作家沈韶華，她萬萬沒想到在她眼前看得目瞪口呆的林青霞，將來有一天會把張愛玲和她的故事寫進自己的文章裏。

責任主編邱祖胤☆編輯盧美杏☆美編曾佩琳

二〇二〇年九月三日刊登於《中國時報》

都說張愛玲對人情世故十分冷漠，讀完《張愛玲私語錄》才知道她情感之豐沛。宋淇、鄺文美夫婦對張的才華極度的欣賞，以致於在精神上和生活細節上無條件的付出。在他們四十年的書信往來中，充份感覺到張愛玲的溫暖和柔情的一面。一九五五年張搭船赴美國紐約，送船的只有宋淇夫婦，船一離港她就痛哭不已，她母親黃逸梵自她四歲起就經常理箱子遠赴重洋，她也只是淡淡的，並沒有哭。在美期間張一天總要想起鄺文美兩次，生活上發生的事情她已先在腦子裏跟鄺說了一遍，看到善良優雅的好女子也總要拿鄺比一比，結果還是感覺鄺勝於她們。到了八〇年代他們三人都患有重病，信裏互相慰問和勉勵對方，即使病體欠安，宋氏夫婦還是為張愛玲奔波張羅，鄺文美經常為她跑郵局，張愛玲寄了三百塊美金給她，讓她付些雜費和計程車費，我又一次驚訝，鄺的付出豈是三百美金了得的，鄺也感尷尬，但為了避免張尷尬只好收下，張事後還解釋這是跟她姑姑學的，甚麼都要算得清清楚楚，一九五七年她母親黃逸梵在英國去世前曾寫信給她想見她最後一面，張也只在回信中寄了一百塊美金，但她卻在臨終前立下遺囑把著作權、遺產全都給了宋氏夫婦。他們三人之間的信任和深厚的情感人間少有。

張愛玲在一九三九年，她十九歲時寫的〈天才夢〉，最後兩句「生命是一襲華美的袍，爬滿了蝨子」，彷彿她一早就預知自己的未來，或是她一早就設定一個無形的牢籠，自己一步步的走進去。在《小團圓》裏做母親的蕊秋對女兒九莉說：「我只要你答應我一件事，不要把你自己關起來。」張愛玲真實的人生裏，生命最後十幾年被蝨子所困，她把自己關起來誰也不見。記得一九八一年我在舊金山，獨家出版張愛玲書的皇冠雜誌社社長平鑫濤打電話給我，他在加州，想跟張見一面，她都不肯見他。那段期間她幾乎每個星期搬一次家，住過許多汽車旅館，因為皮膚病的關係一天要照十三個小時的日光燈，每半個小時要用水把眼睛的蟲洗掉，臉上的藥膏被沖掉又要補擦，這樣一天共花二十三個小時在日光燈下，我直覺認定這是一種精神上的病症，照理說不可能換那麼多地方還有蝨子，眼睛也不可能會生蟲，於是我打電話請教精神科醫生李誠，李誠懷疑是驚恐症和身體上的幻覺，嚴重了會感覺蟲在身上爬，我說其實是不是並沒有蟲？他說是的，但他說這是可以醫治的。

我認為張愛玲是生命的鬥士，她在一九六八年接受殷允芃的訪問時說「人生的結局總有一個悲劇。老了，一切退化了，是個悲劇，壯年夭折，也是個悲劇，但人生下來，就要活下去，沒有人願意死的，生和死的選擇，人當然是選擇生。」想想她一個人在加州，自己不開車，要看牙醫、要看皮膚科醫生，還要不停的搬家，但她從來沒有放棄過，努力的活着。最終在一九九五年九月九日，被發現在洛杉磯Westwood家裏靜靜的離開人世。她的遺囑執行人林式同去接收遺體時記載當時的場景，他說張愛玲是躺在房裏唯一的一張靠牆的行軍床上去世的，她的遺容安詳，只是出奇的瘦，保暖的日光燈在房東發現時還亮着。一九九五年九月三十日，她七十五歲生日那天，林式同將她的骨灰灑在太平洋上，灰白的骨灰襯着深藍的海水向下飄落，被風吹得一朵朵，在黃色的太陽裏飛舞着，灰落海裏，上面覆蓋着一片片紅玫瑰與白玫瑰花瓣。張愛玲的一生比任何虛構的小說都富有深沉的戲劇性。

張愛玲的名氣沒有因為她離開人間而降低，她的文字留下了數不清的經典句子，她說：「成名要趁早啊，來得太晚，快樂也不那麼痛快。」相信張愛玲一生最快樂最痛快的日子是一九四三年和一九四四年，那是她創作的高峰期，多產而佳作連連，就像她形容曹雪芹的《紅樓夢》是現代小說一樣，她即使寫於半個世紀前的作品，現在看起來亦是非常當代。《紅樓夢》有紅學，張愛玲也有張學。她在二十三歲已經大大享受到成名的快樂了。

張愛玲是在成名初期認識胡蘭成，在胡蘭成眼裏張愛玲是民國世界的臨水照花人，他說看她的文章只覺得她甚麼都曉得，其實她世事經歷得很少，但是那個時代的一切自會來與她交涉，好像「花來衫裏，影落池中」。你看要不要命。一個作家能夠得到如此懂得她的知音，怎麼都值了。他們精神上吃得飽飽的，胃口倒無所謂。據胡蘭成最親密的姪女胡青雲的口述回憶錄《往事歷歷》中描繪「他們家裏只有兩個碗，一個大碗一個小碗，大碗是胡蘭成用，小碗是張愛玲用，小菜只有一隻罐頭，油燜筍。從廚房裏開好拿出來，也沒倒出來，直接吃，別的菜一點也沒有。」

三毛生前曾經跟我約定一起去旅行，帶着我流浪的，但最後她卻步了，理由是我太敏感，很容易讀出她的心事。我也曾想過如果在張愛玲面前肯定無地自容，她的眼睛像X光，裏裏外外穿透人，在她文章裏，對人的外表、長相、穿着、動作都有詳盡的描繪，連人家心裏想甚麼她都揣測得很深，正如胡蘭成說她聰明得似「水晶心肝玻璃人」。張愛玲在文字裏提到過我朋友江青，她在給夏志清的信上說「江青那麼醜怎麼能演西施，將來電影一定不賣座」，江青跟我聊起一點也不介意，我們兩個還笑得不得了，我跟她說，被張愛玲點到名是你的榮幸。在紐約張愛玲去按李麗華的門鈴，她寫道「李麗華正在午睡，半裸來開門」。我問金聖華難道李麗華上面不穿衣服就來開門？金聖華笑說那表示衣冠不整。

張愛玲的文字像是會發光似的，每顆字都是一顆鑽石，閃閃發亮的串成好句子就像一條鑽石項鍊，讓你忍不住一看再看，有時會默唸幾遍。她筆下的人物都像是活着的，讓你愛、恨、情、仇跟着她轉。《小團圓》裏九莉愛邵之雍我跟着愛，九莉後來鄙夷邵之雍那句「亦是好的」，讓我本來覺得心動的話剎那間也可笑起來。她痛苦的感覺，「五中如沸，混身火燒火辣燙傷了一樣」，我心絞痛，因為她把那痛徹心肺的感受透過筆尖真實的呈現在你心上。她那特有的張氏幽默，看得真過癮。在散文《私語》裏，她形容她從被關了半年的父親大宅裏逃出，「每一腳踏在地上都是一個響亮的吻。」緊要關頭叫了黃包車竟然還要講價，並且高興着沒忘了怎樣還價。在〈第二爐香〉那二十一歲的英國女孩愫細，純潔天真得使人不能相信，她和四十歲大學教授的新婚之夜，穿着睡衣蹬着拖鞋狂奔的逃出大家，拖鞋比人去得快，人趕上了鞋，給鞋子一絆。這樣生動的電影畫面隨處可見，讓你難以忘懷。

短篇小說〈年輕的時候〉第一段「潘汝良讀書，有個壞脾氣，手裏握着鉛筆，不肯閒着，老是在書頭上畫小人。他對於圖畫沒有研究過，也不甚感興趣，可是鉛筆一着紙，一彎一彎的，不由自主就勾出一個人臉的側影，永遠是那一個臉，而且永遠是向左。」我看了心裏一驚，那不就是我嗎？我讀初中時一樣喜歡在課堂上用單線畫女孩的側面，也是臉向左方，我立刻拿出鉛筆在書上畫出我當時畫的側面女子，發覺嘴巴那塊不成比例，又畫另一個，靈光一閃在額前一勾，代表覆額頭髮。我拍過的一百部

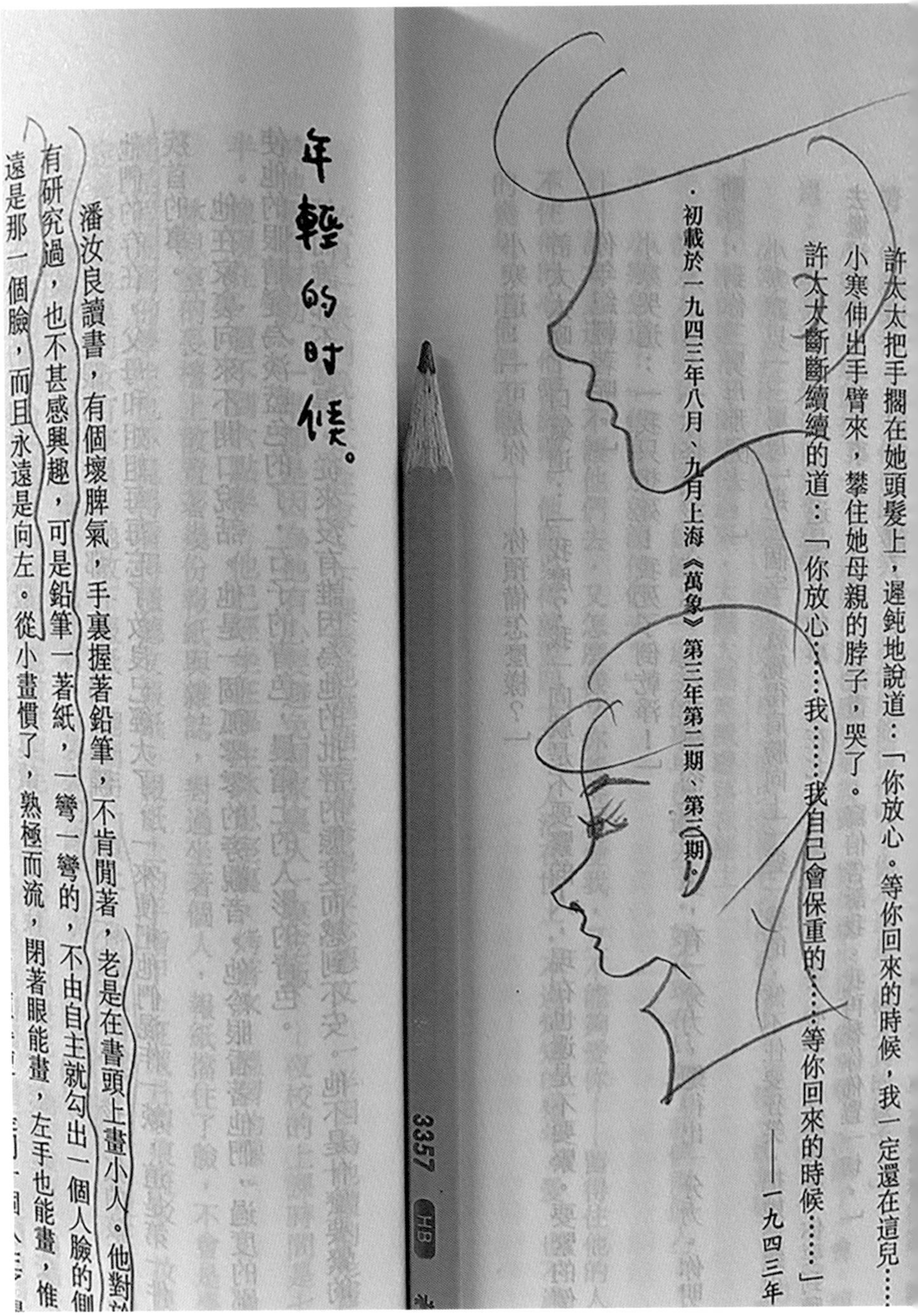
許太太把手擱在她頭髮上，遲鈍地說道：「你放心。等你回來的時候，我一定還在這兒……
小寒伸出手臂來，攀住她母親的脖子，哭了。
許太太斷斷續續的道：「你放心……我……我自己會保重的……等你回來的時候……」
——一九四三年
・初載於一九四三年八月、九月上海《萬象》第三年第二期、第三期。

年輕的时候。

潘汝良讀書，有個壞脾氣，手裏握著鉛筆，不肯閒著，老是在書頭上畫小人。他對於
有研究過，也不甚感興趣，可是鉛筆一著紙，一彎一彎的，不由自主就勾出一個人臉的側
遠是那一個臉，而且永遠是向左。從小畫慣了，熟極而流，閉著眼能畫，左手也能畫，惟

速描自畫

戲唯一一次演作家，角色竟然以張愛玲為原型。這千絲萬縷，到底還是與張愛玲有一線牽。

一九八八年秋天，我拎着兩盒鳳梨酥，爬上三毛在台北寧安街四樓的小公寓，聽她讀《滾滾紅塵》劇本。三毛一句一句的唸給我聽，讀到興起她播着四〇年代的音樂，站起來一邊踩着舞步一邊演給我看，我陶醉在她忘我的演繹中。現在想起，原來當時她的身體裏住着三個女作家，一個三毛自己、一個張愛玲、一個劇中的女作家沈韶華，她萬萬沒想到在她眼前看得目瞪口呆的林青霞，將來有一天會把張愛玲和她的故事寫進自己的文章裏。

二〇二〇年八月三日

朋友的話

一點點幸福

青霞開始說故事時，山上總是突然雲霧瀰漫，彷彿舞台提示大量乾冰，背景音樂逐漸上揚，屏息之間，東方不敗隨時可能從鄰近最高樹上鬼魅現身，場景不能更戲劇化了。

我們通常剛走完我們慣常的路徑，微汗，坐進香港山頂餐廳，大片落地窗外是老樹濃蔭，山下大海無際，遠方三根發電廠煙囪標示出南丫島的位置，一切正逐漸落入夕陽餘暉，她點她的焦糖核桃冰淇淋，我喝我的黑咖啡。午後之後、晚餐之前的餐廳幾乎空無一人，那名穿白襯衫打黑領結的壯碩男服務生，好像電影阿達家族的成員那樣古怪可愛，恍如拉開抽屜般拖出下唇，腳着特製鞋，拖着腳步喀喀發出金屬聲，永遠需要回頭再三確認我們的點餐內容，另一名高綁馬尾的中年女服務生架着膠框眼鏡，很喜歡過來聊兩句，不厭其煩糾正青霞和我的粵語發音，而樣貌俊俏如年輕古天樂的經理梳着整齊的西裝頭，健康的橄欖膚色，一身剪裁合宜，總是那麼進退守禮，對青霞特別貼心。餐廳角色就緒，濃霧靜靜攏來，黑夜徐徐降臨，青霞坐在我對面娓娓道來她經歷的事、認識的人，我就像坐在電影院裏的熱切觀眾，睜大眼睛，緩緩沉入故事的情境，開始一段奇妙歷程。

青霞說故事的魅力並不僅因為她是林青霞，無論甚麼年紀都長得那麼傾城傾國，以至於人人被她吸引而不由自主聽她說話，也不只是因為她是大明星，所以見識過的場面難免比尋常人來得更壯闊盛大，而是來自於她說故事的方式。她總是從細節開始，注意到很多人會忽略的微小之處，像是見面當天雙方的穿着，她會記住對方從頭到腳的打扮，穿了甚麼顏色的服飾，裙襬有鏤花、袖口縫了亮片，腳上是白色球鞋還是棕色高跟鞋，耳垂鑲鑽或掛了大銀飾，她也會花時間描述自己當時的髮型衣着，如同曹雪芹描述《紅樓夢》每個角色的出場那般講究隆重。接着介紹每個人物的習慣動作，誰不贊同一件事時雖然不響但會舉杯喝水，誰參加晚宴坐在不喜歡的人旁邊就把背脊挺得比平常更直，誰不在乎自己另一半在乎的事情以致於另一半在說話時永遠兩眼放空。我忖思，十七歲就當電影演員的她畢竟天生要入這一行，儘管她是因為她獨一無二的世紀容顏才走在路上被星探發掘，但她跟我說故事時、描述人物的方法，就是一名不折不扣的專業演員在揣摩一個角色的心態與舉止，之後重新轉譯出來給我這名觀眾。說到入戲之際，她會突然角色上身，乾脆演給我看。走路一半，就在半途，她停下腳步，就地模仿那些人物的神態，惟妙惟肖。我的反應永遠是忍不住哈哈狂笑，因為覺得真正不可思議。我們每回都結論，她是一名遭埋沒的天才喜劇演員。當初應該有人找她演喜劇。

她對人的觀察入微，應用在她過去的表演生涯，當她拿起筆來時，變成獨特的寫作優勢。當她寫香港影后李菁，寫舞蹈明星江青，寫她的閨密施南生、好友張國榮，因為她採取的視角，這些原本對常人來說彷彿遙在天邊的星星在她的文字裏落地，有了血肉，行走於凡人之間。她第一次跟我說李菁的故事時，我其實鼓勵她寫出一篇小說，因為李菁的人生在我眼裏完全就是一部好萊塢經典電影，而同列大明星之林的青霞大概是世上少數幾個人無須揣測就能真正明瞭李菁的生命情境，寫出戲劇化的故事。然而她最終還是決定使用樸實的散文風格，我想，這與青霞的人格性情有關，當看見他人的難言之處，她總是包容、原諒並淡化傷口。做了一輩子「林青霞」，經歷那麼多事之後，她比一般常人更傾向選擇寬容，留下做人的餘地。

青霞常說，我是她書架上最年輕的作家。這是實情。我第一次看見她的書架時，當場汗顏。她架上有唐德剛的《晚清七十年》、夏濟安與夏志清的書信集、張愛玲全集、陳寅恪先生全集，她愛讀哲學、歷史以及人物傳記，她喜愛的當代作家董橋、白先勇、蔣勳、龍應台等皆是名家，現實生活裏，她對他們畢恭畢敬，除了尊敬、尊敬，只有尊敬，如同每個文學愛好者時不時就會引述喜愛作家的金句，聊天之際，青霞時常會向我轉述他

胡晴舫

們對她說過的一兩句話。作為不成器的寫作晚輩，我反倒是從青霞身上習得一種敬重文人的老派浪漫；在網紅、策展人當道的自媒體時代，青霞仍保有上世紀的文學情懷，當時張愛玲會以為胡蘭成懂得她的靈魂而愛上他、魯迅還能以筆代劍隻身奮力砍向腐敗的時代、太宰治會放棄議員家族身份而選擇人間失格只為了活出自己的信念；對青霞來說，寫作仍是回事，而文人是一份太了不起的職志。當她出第一本書時，董橋曾輕輕提醒她，她不能太快宣稱自己是作家，青霞笑着轉述這件事給我聽時，我百感交集，因為我畢竟是二十一世紀才出版第一本書的作者，我一方面認同「作家」的嚴格定義，就像法國人不會隨便給「écrivain」這個名號，一方面卻因為自身寫作的多年經驗，難免已默默囤積了一股無處安身的時代荒涼感。

青霞對寫作的執着、讀書之認真，我以為，也是因為她對文學懷抱着敬意，她寫作，不是為了獲得名利，因為她早有了這一切，而是出自於純粹的喜愛。

這也是我個人的幸運之處。我認識青霞在她人生階段最自在之時。她已無所求，也無所忌。我們相處的方式從一開始就不摻雜質，只是單純的相互喜歡。我們相約總是很隨性，做的事情也很日常，像是一起散步，看看電影，逛街買東西，吃東西時狼吞虎嚥，互相搶食，毫無顧忌也不必客氣。青霞問過我，我怎麼看我和她之間的互動。我幾乎毫不思索就衝口而出，兒時玩伴。若說「世間的相遇，都是久別重逢」，青霞和我就像小學同學畢業之後就不曾見面，直到人生過了大半之後才又相聚，當年一起翻過學校後牆去吃冰、逃學去戲院消磨一天的兒時樂趣立刻歷歷在目，久違了的熟識感馬上回來。只是我這位小學同學比我走過更遠的路，看過更多的人，她對世間情有更深的領悟，我從她身上學到慷慨大度的真意：懂得同理心之後，就更應該學會付出。

忝為一名寫作者，我始終以為慈悲是文學人的核心特質，即是愛。青霞花費許多不眠之夜，耐心寫下那些人與事，因為她在乎，她暗地希望生命終究圓滿。若生命是一部電影，也許我們每一個人不可能都擁有快樂的結局，但我們皆值得被愛、被原諒，值得一點點幸福。她透過她的為人、以及文字所展現出來的人生高度，無疑地，令人動容。

這是青霞的第三本書。若董橋先生有機會閱讀，我會很好奇先生的看法。

胡晴舫

惜字如金

一九八二年
徐克找她拍《新蜀山劍俠傳》
開始了我倆的半生緣份
那時候
尖沙咀新世界中心旁的服務公寓住了不少女明星
可以說是星光熠熠
走進她那時寄居的單位
只有四個字適合形容
「家徒四壁」
特別之處是單位內你不會找到一隻字
書本報刊雜誌不用說
打開冰箱
樽裝水欠奉
廚房櫃內
方便麵從缺
所以連慣常應該有的東西上的招紙上應有的字也
統統沒有！

施南生

成功非倖致
她每天睡醒（或更準確地說）被喚醒就去拍戲
回來累極便倒頭大睡
偶爾不用開工的日子
肚子餓了便戴上一副墨鏡到樓下的咖啡室
啃一碗雲吞麵
十年光景就這樣過去
一個晚上
她來跟我訴衷情
說要急流勇退宣佈退休
我力勸她打消這念頭
免得遇到好角色要出爾反爾
尤其是當時我在徐克書桌的抽屜內
見過一張她的造型照
一身艷紅戲服
頭上結一條大紅頭巾
耳朵邊戴一個搶眼大綉球

單看照片已令人有無限遐想
照片後面徐導演寫下：
「這會是她的另一個角色。」
幸好她也不堅持引退
終於那照片中的她
躍上了她影藝事業的另一高峰
艷名遠播
東方不敗
儘管她在片場裏吃盡苦頭
威吔一吊幾小時
眼淚大顆大顆的掉到地上
但成就也是非同凡響不可思議的
當時只要片商拿到她的合約
便可賣到外埠保證賺錢
中港台東南亞日韓歐美
東方不敗無堅不摧所向披靡
片商爭先恐後來說項

平常一般電影好歹要拍四十來天
如今給個二十天也不會嫌少
但求她在鏡頭前兩手一擺
來一個東方不敗標準甫士便收貨了
當時她也提出讓我們以一半片酬找她來拍一部賺點錢
我們是婉拒了
「妳快快去賺多一點錢留下做嫁妝吧！」
那一年
她確實也左右逢源地拍了十三部片子！
世事如棋
在她忙得暈頭轉向不可開交的當時
她偏偏遇上了她生命中的真命天子
事業圓滿了
她也為自己的傳奇添上最完美的另一章節
她決定嫁給邢李㷧先生
還是我們做證婚人的
在傳統儀式中一雙新人跪地斟茶給她的父母時

我聽着米高說：
「爸爸媽媽 您們放心吧，我會好好照顧她一輩子。」
婚後她除了悉力地演好賢妻良母的角色
還不知何時開始
沉迷於書本中
手不釋卷
每每讀書至天明
讀到好的書
還送我一本
讓我也分享到書本和友情的芬芳
更加不知何時開始
她執起筆寫文章
其實我也不應覺得詫異
她委實是有着異乎常人的藝術家慧根
回想以前
她看到一些畫面
總可以不經意地說出一個動人故事

還有她繪畫插圖也是頗有一手的
期待早日見到她圖文並茂的作品
這本書是她的第三部著作
她讓我也來寫一下序
我其實是帶着無比激動地答應下來的
畢竟
我曾經到過那個一隻字也找不到的公寓
一九八二年
忘不了

施南生

青青相惜

青霞要我給她今秋出版的第三本書《鏡前鏡後》寫序，我馬上想到用「投緣」作標題，發微信給她，不料一分鐘後她回信建議標題用「青青相惜」，妙！讓各自名字中的青排排坐，傳神又不落俗套。

其實起標題、書名這類事，青霞很靈光也很在行，所以我常常會請她幫我出主意。今年三月在羅馬歌劇院排練《圖蘭朵》，結果因為疫情，排練停擺演出延後，遺憾之餘我寫了篇文章投稿，青霞看完稿子，馬上建議標題用「叫停？」連標點符號都想到，真是簡單明瞭又醒目。台灣爾雅出版社二〇一八年出版了我的書《回望》，「廣西師大出版社」如今要出簡體版，無奈大陸已經有同名的書，必須更名，青霞靈機一閃，建議簡體版書名《點點滴滴》，書中內容可以滴滴點點包羅萬象。台灣爾雅出版社今年七月下旬出版了我的新書《我歌我唱》，為這本書的書名我尋尋覓覓了很久，前陣子，靈感一來想用「唱我的歌兒！」作書名，半夜給青霞發微信，沒多久，鈴聲大作「哎——《我歌我唱》更好，唸起來順口、聲音亮。」我一聽這個建議喜出望外，脱口而

江青（一九八二年，李小鏡攝影）

出：「啊——太好了！今天晚上可以安心睡。多謝！」

青霞筆耕開始的處女作取名《窗裏窗外》，當然跟她十七歲出道拍第一部電影《窗外》有關；第二本散文集《雲去雲來》，是她慶生一個甲子，送給自己的一份生日禮，書名如其人瀟灑飄逸帶仙氣！

《鏡前鏡後》〈平凡的不凡〉一章，寫在巴黎得到世界麵包賽冠軍的吳寶春，堅信「只要肯努力，沒有事情做不到。」的意志力，標題勵志、樸實，又點中主題；〈花樹深情〉寫她的良師益友金聖華與愛人Alan夫妻鶼鰈情深，在Alan的追思會裏金聖華寫了跟花樹有關的一首詩紀念夫婿，金聖華給我的印象是位柔情似水的感性女性，於是敏感又善於觀察的青霞，這一章取了跟花樹有關的標題；她寫李菁〈高跟鞋與平底鞋〉，篇首就開門見山：「我只見過她四次，這四次已經勾勒出她的一生。」青霞僅僅捕捉到李菁跟她最後一次見面，最讓她深思的一句話「有錢嘛穿高跟鞋，沒錢就穿平底鞋囉。」概括成這一章標題——這簡單的七個字，把我昔日六十年代邵氏南國劇團同窗（原名李國瑛）、後來光芒萬丈的影后（藝名李菁）、竟致悲劇慘痛收場，坎坷起落的一生，具象描繪的淋漓盡致；與畫家、作家、大雜家黃永玉先生的交往，青霞寫了〈九齡後的年輕漢子〉和〈我要把你變成野孩子〉兩篇，一看標題我認識多年的黃老，聰慧、率真、風趣、童心……都活靈活現躍然於紙上。

通話中，我誇青霞有起名字的天份，並問是否跟她拍了百多部電影有關？因為片名要抓準核心又要吸睛還要叫得響。不料她直率且得意洋洋地說：「才沒有關係呢，我就是起名字的天才！知道嗎？我給我家跑馬場的馬都取了名『百看不厭』。」把我逗得咯咯大笑，調皮的青霞馬上又用廣東話唸了兩次馬名，自誇：「棒罷！」「嗯，有節奏感的廣東話聽起來更有趣！」

我一直不認識熒幕上的青霞，直到兩年前《滾滾紅塵》修復後，才有機會找來看，第一次欣賞到大明星大美人的風采和絲絲入扣的演技。有所遺憾和歉意地跟她提起：「哎——只看過妳一部電影……」，她說：「這沒關係，還好，你看的是這部片子……」，我告訴她：「老公比雷爾一直到去世都沒有看過我的電影，只是在書中看過劇照之類……」我們自然而然的討論起生活態度來，都認為人和人之間的直接交往、真實的感情溝通，才能互相理解，才有價值。有了自信才能接受自我，才能坦蕩地面對親情、友情和愛情。

近幾年，青霞情有獨鍾寫文章，每寫完一篇滿意的，會像孩子般快活好一陣子：「嗯——比買到件漂亮衣服、贏場麻將要開心多了！讓我有成就感……」聽她在電話中朗聲讀來得意的段落，我可以感受到她的滿足感和欣喜之情，似乎可以看到她美麗的笑顏像永開不敗的花朵。〈我魂牽夢縈的台北〉一章中，她寫回到永康街，夢裏徘徊的地方：「我站在客廳中央，往日的情懷在空氣裏濃濃的包圍着我。八年，我的青春、我的成長、我的成名，都在這兒，都在這兒。」人世間的浪漫，莫過於某階段成長的情感實錄，那個客廳積攢了多少年她少女時代的記憶和夢想！她的初戀、初入銀色世界、初成名、初得金馬影后，都在這兒，都在台北。

新書中寫得最紮實的一篇當數〈走近張愛玲〉，當初青霞告訴我準備寫張愛玲時，我還說：「寫她、研究她的人太多了，妳又不認識她，如何寫出個新角度、新意呢？」讀後不得不承認我錯估了，因為這次青霞是有系統的讀書，邊讀邊仔細揣摩，使她走近了張愛玲。我跟她說：「我一直相信『一分耕耘、一分收穫』，這篇文章無疑的又一次驗證了這個真理。」近幾個月來她一直在「啃」張愛玲，且到癡迷的程度，讀張愛玲、談張愛玲、會不會夢張愛玲呢？看她觀察到的一些細節吧：「我直覺認定這是一種精神上的病症，照理說不可能換那麼多地方還有蝨子，眼睛也不可能會生蟲，於是我打電話請教精神科醫生李誠，李誠懷疑是驚恐症和身體上的幻覺，嚴重了會感覺蟲在身上爬，我說其實是不是並沒有蟲？」居然會將自己的揣測打電話問精神醫生，認真程度可見一斑。

描寫最細膩、傳神的數這段「我拍過的一百部戲唯一一次演作家，角色竟然以張愛玲為原型。這千絲萬縷，到底還是與張愛玲有一線牽。」一線牽把青霞牽進了文章的標題：〈走近張愛玲〉。

正如青霞在文章中寫：「回首往事，人世間的緣份是多麼微妙而不可預測。」名字中帶「青」字的兩個人，一九七八年在紐約不期而遇的故事，青霞在二〇一九年〈我跟江青出遊〉中有詳細的描述。其實第一次我與青霞結伴出遊是二〇一四年冬天，她在〈匆匆一探桃花源〉中記述：「白先勇老師每個星期一在台灣大學開三個小時的《紅樓夢》課程，剛巧好友金聖華在台灣，於是我帶着女兒愛林專程去聽他講課，從瑞典遠道而來的江青，十二月一號那個禮拜一正好到台北，我們就相約下午一起去台大。聽說江青姊第二天要去台東玩兩天，我和女兒正好沒事，就跟了去。」

一起旅行最容易近距離觀察人，現在重讀青霞這篇〈匆匆一探桃花源〉，勾起了我一串溫馨的回憶。把記憶猶新的幾件事記下：「陽光佈居」民宿主人看到女神青霞駕到，喜出望外邀請我們喝茶，閒談起山中的傳奇故事，原來有位神醫隱居在那裏。青霞一聽迫不及待細細打聽，原來她的大女兒近來皮膚出了症狀，看了不少醫師都無效。聽了病情後，民宿女主人跟神醫聯繫上並提了建議，青霞立馬下單買了藥。我一直知道青霞對繼女視如己出，這次親眼見到了她發自內心的關愛、親情，就如她有篇文章的標題所寫〈情字裏面有顆心〉！

旅遊期間我們去參觀了一家手工製作坊，是為幫助當地原住民解決生活問題而組織起來的，幾年下來製作坊已經能夠自給自足。到那裏淑敏和我各選了紀念品，而青霞大張旗鼓地買起來，女兒愛林貼心的小聲提醒媽媽：「妳已經有那麼多圍巾，那麼多……」，「我知道，我想幫助有需要的人……」邊說邊往籃中放。

齒草埔料理工作室，是一間需要很早提前預定才能有位置的餐廳，Nick和Vivi夫妻店。完全可以用「室雅無須大」來形容，一切簡簡單單乾乾淨淨，包括這對夫妻的着裝和長得模樣，看着真舒心。我愛精心設計原汁原味的菜，也愛看他們夫妻謙卑純真的笑容，得知食材都是根據時令就地取材，我就興致勃勃的講起我在瑞典採集野果和蘑菇的經驗，聽得他們夫妻入神不說，還要我介紹食譜。在那裏進餐自然而然能讓人放慢步伐，最後只剩我們一桌客人在那裏跟主人靜靜聊天，離開前青霞坦誠的問主人：「我在香港認識五星級旅館，你們的菜太別致了，到香港一流餐館做大廚綽綽有餘，如果有需要我可以給你們介紹。」，「嗯——我們在巴黎和東京的頂級飯店都做過，還是喜歡回到家鄉，過接近大自然的生活，我們對物質的要求很少，夠用就可以了，有多餘錢時就買食譜研究……」，他們不卑不亢的謝謝了青霞的美意。富有同情心的青霞，永遠想幫助人，老是設身處地的為他人着想。我們雖然沒有機會常見，但在交往中能暢所欲言推心置腹，是感受到了她的善良、誠摯，由心底自然散發出的溫暖。

至今我還保留着那張樸素大方的菜單留念，也仍然記得愛林跟我說：「江阿姨，其實他們說的那種生活也是我嚮往的，生活其實越簡單越好……」看她欲言又止，我問：「是不是媽媽的盛名給妳帶來太大的壓力和太多的不便？」愛林靦腆的微笑不語。這本書中，其實青霞也屢屢隱約表達了，因她盛名給家人帶來的不安和歉意。

今年春節，新冠肺炎如火如荼蔓延開來，對這場世界性災難無人能預料，令人措手不及，即使我在羅馬緊張的歌劇排練中，也見縫插針地找時間跟青霞聯絡了解疫情。她一五一十跟我詳述，為了將她捐獻的物資如期直接送到一線，費盡了腦筋動用了一切的可能，後來見到她二月十三日親筆書寫的信〈致前線抗疫英雄〉，附在寄出的每個郵箱中，她悲天憫人的情懷和奉獻精神令我動容不已。今天再讀此信，使我聯想到兒子漢寧在瑞典急診室當醫生，每天出生入死奮不顧身，兩個月來他病倒、起來、又病倒、又起來……我愛他、擔心他、了解他，為兒子憂心忡忡的同時也為他有擔當而感到驕傲。在誠惶誠恐的日子中，我的心情只能套句俗話「哎——可憐天下父母心」！

跟青霞相處熟了，交流越來越多，可以感覺到她以更寬厚的胸懷面對朋友、親人，用更大的善意回報世人！她寫的親筆信不是句長口號，鏗鏘有力的字代表了她的心！

江青

二〇二〇年夏於瑞典

致前線抗疫英雄

這是一場沒有硝煙的戰爭
這是一場沒有流血的戰爭
這是一場史無前例的新世紀疫戰
你們的戰袍是防護衣
你們的頭盔是口罩
你們的戰場是醫院
敵人是無聲、無息、無色、無味、防不勝防的新型冠狀病毒

全世界的目光正見證你們以敬業的精神、鋼鐵的意志、超凡的勇氣、悲憫的胸懷巡行在醫院的長廊，不分晝夜隨時應戰，守護他人的生命。我們知道、我們明白、

我們心疼、我們流淚。只想告訴你們，你們並不孤單，在大後方有無數的人在關懷、在支持、在為你們祈禱。

前線英勇的醫護人員我深深的敬佩你們，希望你們繼續做好防護工作，保護自己、保護家人、保護同事、保護病人。

在此，謹以最虔誠的心

祝福各位

平平安安！健健康康！

早日功成返家！

與家人團聚！

青霞

2020-02-15

遇見林青霞

和青霞姐的相遇，緣自於賴聲川導演的一齣話劇——《曾經如是》。當時我先認識了林青霞的好友，同時也是張國榮的契姐賈安宜。雖說是認識，那也是不多久以前。由於我們話題投緣，幾天後我就被邀請到安宜姐家裏去作客，看到她書房裏和林青霞、張國榮以及其他香港台灣大明星的照片，我非常冒昧的提出一個請求：如果林青霞來上海，我想請安宜姐能夠幫忙安排和林青霞見個面。安宜姐說：「好的，看有沒有機會吧！但就是不知道青霞她甚麼時候來上海。」說完之後，我也就沒放在心上，我只認為是安宜姐的應承之語。畢竟，像林青霞這樣一個響徹全球華人圈，具有空前影響力的大明星，豈是隨隨便便見得着的？

第二天我就登上了去日本的郵輪。在海上漂浮的日子，沒有網絡信號。一腳踏上日本土地的時候，我就收到了安宜姐的電話：「張律師，你大概甚麼時候回來？青霞已經準備來上海了，大概後天到，我們可以約晚飯。」我很遺憾：「後天我是來不及了，我恰恰是大後天到上海。」安宜姐說：「沒關係，大後天到的話，我們一起約看戲。」於是，我們就約了那一齣話劇《曾經如是》。

在徐家匯美羅城的「上劇場」，我終於見到了青霞姐。我被安排坐在青霞姐的旁邊，整齣話劇的時間在五個小時以上。散場後，我想我此生的一個願望已經達成，我終於見到了心中的女神——大明星林青霞了。我沒有想到，我和青霞姐的緣分，只是一個開始。

一個月以後，武漢爆發了新型冠狀病毒（當時在全世界，武漢的病毒是最嚴重的）。有一天早上，我接到了安宜姐的電話：「張律師，青霞想要幫助武漢，捐贈一些醫護人員所急需的物資，你有沒有興趣一起參加？」我當然願意，而且是非常的願意。於是我就拉上了和我一起做慈善公益的林沙（她在武漢有非常暢通的人脈資源），我們組成了一個四人的小組，拉了一個微信群，青霞姐取名為：螞蟻雄兵。意思是我們可以像螞蟻一樣，源源不斷把各地的物資搬運到武漢抗疫的前線。

於是，我就有機會每天和青霞姐微信聊天。我們每天的事務，就是討論前線需要甚麼，我們要採購甚麼，以及通過怎麼樣的方式儘快安全送到前線醫護人員手裏。短短的兩個月時間裏，我們籌措了十幾批次的緊急物資，源源不斷送到湖北各地，甚至是僻遠的鄉村衞生所，湖北的志願者團隊（大概五十名左右）立下了汗馬功勞。青霞姐在三月十九日寫下了〈致前線抗疫英雄〉的一封信，隨着我們十幾批次的物資，絡繹不絕運抵湖北抗疫前線。

武漢一線的醫護人員，聽說是林青霞捐贈的物資（還有每個箱子裏裝幀精美的林青霞的親筆信）都異常興奮。所以我們的物資，他們總是保護得最好，問詢得最勤。他們總是要我們轉達對林青霞的喜愛和敬意，他們拿到物資以後發佈在各自的朋友圈。一時起，湖北的醫療界紛紛揚揚流傳着青霞姐做公益慈善的傳說，中央媒體、湖北媒體也去湖北的醫院採訪。

武漢捐贈的同時，青霞又通過我在中國訂購了一百萬個口罩，捐贈給香港醫護人員，兩次捐贈所有的資金，均來自於青霞姐自己的私房錢，沒有任何的社會捐助，我們所做的是一次次乾淨純粹的公益捐贈。香港由於一年前引發的事件導致口罩等物捐贈過關有點麻煩，檢查耽誤了一個多月的時間，最終在二〇二〇年五月七日，由香港著名的公益醫生雷兆輝先生，向香港特別行政區醫院管理局，轉交這一百萬隻由林青霞捐贈的外科口罩。

別人眼裏的林青霞，是一個事業非凡的大明星，一個才華橫溢的女作家。而我眼裏的林青霞是一個充滿愛意的慈善公益人。有一次我跟她說：整個九十年代，我們一直在看青霞姐演大俠，而這一次，我們真的在和林大俠一起做行俠仗義的善事。

聊公益之餘，我們每天也聊其他的話題，涵蓋文學、歷史、影視、藝術方方面面。青霞姐的閱讀是超出我們常人想像的，往往癡迷於某一個專題而不能自拔。今年是張愛玲誕辰一百週年，因為二〇二〇也被張迷稱之為是「愛玲愛玲」，青霞姐最近完全癡迷於張愛玲的作品，從早到晚閱讀張愛玲，讀完張

張一君

愛玲讀胡蘭成，讀完胡蘭成讀胡青芸……只要和張愛玲有關的資料，她都會拿來讀，甚至還要用腳步去丈量張愛玲的足跡。在我周圍，從來沒有見過一個像青霞姐這麼愛讀書的，她向我推薦白先勇的《細說紅樓夢》、齊邦媛的《巨流河》，和我討論老子的《道德經》，甚至有一次她發了一段完全沒有標註句逗的《道德經》原文，問我：「故常無慾以觀其妙常有慾以觀其微，你怎麼下標點符號」，我給出其中一種標法，青霞姐卻找到了兩個不同的標法和出處。她說：「所以要對照着看。」

我成了青霞姐的書友，她經常會把她的文字發給我看，我也極度有幸成為最早閱讀她文字的讀者之一。她是一個極癡迷和認真的人，每次發表在《明報月刊》和《南方週末》上的文字都會幾易其稿，每一稿都會有大的改動，或者結構調整，或者補充材料，僅〈走近張愛玲〉（二〇二〇年九月一日刊載於《明報月刊》）就更改十數次。她的寫作，都像在雕砌一件藝術品，那種專注，令人神往。

如今的林青霞，已經退出了電影圈，她現在的最愛，就是寫作。有一次我問她：做演員開心，還是寫文章開心？她回答：當然是寫作開心，做演員辛苦壓力又大。我經常在她文字裏看到一個個令人高山仰止的華人作家：季羨林、董橋、白先勇、龍應台、金聖華、蔣勳、章詒和……我想：青霞姐一定是找到了她靈魂舒適的地方。

人生的最好氣質，是讀書人的氣質，而最難得的，是將書卷氣一直保存到老。今天的林青霞，美麗依舊，真實純樸，又腹有詩書。讓我不禁感懷：遇見林青霞，真好！

張一君

二〇二〇年九月十八日於上海

尋覓彩虹的盡頭：
淺談新知林青霞

一篇文章，可帶來蒼涼、無奈、傷懷、感嘆；也可為讀者迎來喜悅、寧靜、安慰，又或者是絢麗奪目的漫天彩霞。而作為着色者，透過不同的文字運用和表達，或燦爛或灰暗、或沉重或輕巧、或明說或暗喻，作者都有能力在讀者的心靈上、甚至生命裏，塗上不一樣的色彩。

作家林青霞帶給我的，是一道灑上了閃爍金粉的七色彩虹。

最近一口氣看完了新知林青霞小姐送贈的著作《窗裏窗外》及《雲去雲來》，讓我有機會一瞥她的內心世界。同一時間，更拜讀了她的多篇新作。正因如此，驚喜連連。

我九歲離開香港，回歸時已是兩名幼子之母。因成長時期身處異國，對中、港、台的一些事物，尤其是娛樂新聞，沒有太多的留意，以致對「林青霞」的認識只停留在淺薄層面上，例如她是一位「大美人」、「大明星」、「紅遍中港台」等等。也曾在網上看過一兩部她早期主演的電影，隱約聽說過有關她的一些花邊新聞，但到底是孤陋寡聞，對她印象模糊，所知不多。機緣巧合之下，最近有機會認識到這位傳奇人物，而她的「人」及「文」，更令我有種久違了的感動。

林青霞為人隨和誠懇、體貼入微，令人如沐春風不在話下，她的無私愛心及助人熱心更是促成我們第一次會面的主因。原本我與她身處不同的圈子，她在藝壇我在杏林，生活的軌道不易交接。然而新冠肺炎疫情今年全球爆發，林小姐為支持前線醫護人員及向他們表達感謝和致敬，以個人名義向中、港、台各有關醫療機構都作出了捐贈。在香港捐贈的過程中，經過我們共同好友金聖華的聯繫，外子（亦為醫生）乃為林小姐安排抗疫物資運送及醫院管理局接洽有關事宜，我們因此有緣相遇相識。我自小受外語教育，以致中文水準十分一般，但是因為大家都喜愛寫寫讀讀，也就順理成章地成了「筆友」。

林小姐性格坦率，她的「心」顯而易見。令我印象深刻的還有她在舉手投足中、無意之間展露出來的「情」。她重情，是那種講信重義，在你臨危之際會向你伸以援手的人。出乎預料地發現，她也「多心」。除了愛心和熱心，她更擁有對新事物的好奇心，純真無邪的童心，慈悲憐憫的惻隱之心以及那華麗外表也掩蓋不了的赤子之心。所以，心不怕多、有情則好。

「情」與「心」，在林小姐的文章中處處留痕。她的文，更是印證了我對初認識者往往十分準確的直覺（該算是身為醫生的特異功能吧！）。林青霞文筆真誠、直接、清新、簡潔，像俗世中的一股清泉，令人感到無比的舒適。難得的是，看得出她飲水思源、為人厚道、對筆下人物多加守護，描述往往點到即止，惻隱之心、憐憫之情處處可見。敦厚善良的她不但給讀者帶來了一絲絲溫暖，更觸動人心、令人慶幸人間有情。

讀林小姐的文章，感覺上就像是有位輕柔的說書人，在耳邊淡淡地細訴着一個又一個的動人故事；道說着故事中各主人翁生命中的跌宕起伏、心路歷程；講述着冥冥中各人經歷過的喜怒哀樂、悲歡離合，如鏡花水月、像海市蜃樓……傳說中波斯帝王山魯亞爾聽了一千零一夜的連環故事，大概也不過如此吧。

林青霞文如其人，文章大都是感性的。但細讀之下，讀者隱約可在筆墨之間意識到一絲理性；雖然若隱若現、若有若無，卻又總是揮之不去。感性及理性，本是兩個對立的極端。像黑或白、像日或夜；沒有共識，沒有妥協，沒有相融共處的空間。但出奇的是，在林的文章裏，她總能用她的真誠，她的坦率，她的不凡經歷，把感性理性化、把理性感性化，然後又再巧妙地把這矛盾統一。看似的矛盾，其實是洞察世情的智慧。沒有感性的點綴，理性是冷冰冰的現實；而沒有理性的平衡，感性只落得個風花雪月、虛無飄渺。「集智慧與美貌於一身」，林小姐當之無愧。

林青霞的新作品滿載著作者一貫的清麗、誠懇與率直；讀後令人驚喜繼續。驚喜的是現今讀者可在行雲流水中欣聞鳥鳴；驚喜的是她此刻的文章更多了一分自信、一份坦然，一抹輕盈，同時亦少了一點戰戰兢兢、一點如履薄冰，甚至一點以往不時在字裏行間隱隱流露出來、令人莫明的歉然。

趙夏瀛（雷兆輝攝影）

作者新作文筆灑脫，生氣勃勃，自然流暢，多了層次感。除了一如過往的生動描述，更多了從不同角度，對人、事、物深入的分析和探討。就算是在訴說着無奈、甚至坎坷的傷感故事，林小姐也不失大體、張弛有度，分寸的拿捏恰到好處。正如書寫李菁的那篇文章就有血有淚，令人不勝唏噓，感慨不已；但情心兼備的作者始終對故友筆下留情、萬分守護、情義畢露。十年寒窗，林青霞的默默耕耘又何止十年。讀者看到的是長達十七年來她文筆的成長、心態的提升；體會到的更是她對文學的熱愛、她的努力、她的虛心、她的好學和她的誠意。一切的一切都有目共睹，令人動容。

林小姐從容自在，靈活地遊走於往昔與如今；現在更是高跟鞋、平底鞋兩皆宜。私底下她不拘小節、廣結善緣。此時此刻，除了愛惜她的家人，她還有良朋益友：有意氣相投的知音，有惺惺相惜的知己，有超級無敵女金剛閨密，有默默鞭策着她的才女摯友……當然，還有那無數向她送上衷心祝福的讀者。她此刻人生豐沛，而聰敏如她想必一定惜福感恩。更相信她也必然是「知足、知不足、不知足」的。

因為知足、才知不足；才會用心去改進，用努力去實踐那不知足。深信我這位充滿了驚喜的新知，這位天資聰穎、情心並重、勤奮好學的林才女，會以「知足」的心態，「知不足」的謙遜，繼續以「不知足」的精神，鍥而不捨地去探索那漫長的文學之路，勇往直前地去尋覓那心中彩虹的盡頭。紅、橙、黃、綠、青、藍、紫。作家林青霞七色皆備。難得的是，還有她心中深處、彩虹盡頭的那一抹金……

二〇二〇年六月三十日
趙夏瀛

注：林小姐關心社會不遺餘力，慷慨捐贈抗疫物資。身為醫護，銘感在心。謹以此文，聊表謝意。

青霞的煮字生涯

我五年前從北美搬來香港，任職於港島半山坡上的香港大學，終於在這五年裏的某一天結識了住在校園後更高的山坡上的青霞。那個晚上一身紅衣的山上鄰居從她自己的銀宮裏飄出，不再只是一個影像和一組聲音，而是一個活生生的人，有說不完的故事。隨着她一起的那些豐富的影像和聲音也並沒有消失，它們都被吸收到背景裏，是上個世紀明亮的記憶，而凸顯在此時此刻的是我們這個時代和腳下的這座城。

我和青霞真正的密集交流始於今年年初，是疫情之下的香港。今年恰逢張愛玲百年誕辰，我正在憂慮策劃已久的系列活動是否都會泡湯，而她則開始系統的閱讀張愛玲，不只是細讀大小作品，更是抓住所有的背景資料，像一個研究者一樣的孜孜不倦的通讀。港島半山坡上的校園出奇的安靜，我依然每天在辦公室裏上工，而她在山上的寓所裏繼續她日常的品文煮字。我們常常一起行山，時間不長，但爭取要走得熱熱的，一定要出汗，同時也能加緊聊天，這一兩個小時便是雙收穫。

青霞行山，可快可慢。正聊得高興，我說，要不我們走快些吧，多出點汗。她便掄起手臂，大跨步，飛將起來，那個架勢，實在是不可阻擋。戴着口罩，少人認出。但有時候即使戴着口罩，也難免被認出，口罩上的那雙眼睛辨識度依然很高。山路上一群行山女，看到青霞，每個人都猛然搗

黃心村

住嘴發出驚呼，反應快的便從口罩後面綻開笑顏，叫一聲「青霞姊姊」。青霞友好的招招手，腳步沒有停，倏然走過，如風。

和青霞談看過的書，見過的人，遇到的事，都是從一個簡單的念頭開始，最後一層一層疊加上去，收穫一個豐滿的場景。她恢復場景的能力超常，一般都是從常人不會注意的小細節切入。比如，我第一次見到你你穿的是甚麼，我穿的又是甚麼，然後我們說了甚麼，那天晚上光線怎樣，溫度又如何，視覺聽覺之外，所有的感官都調動起來了。這是她記性出奇的好，但更多的是一種觀察事物天生的能力，細緻入微，且無微不至。細節是濃縮的意念，青霞敘說的細節裏是滿滿的慈悲和共情，飽含着唯有她才具備的眼光、視角和高度。

香港的山，香港的風，香港的煙雲，香港的水泥森林。山頂眺望這座城池，每次都是一副不一樣的面孔。看着飛速逃遁的雲霧，青霞說，張愛玲要是看着這景象會怎麼描寫？我們討論張愛玲住在半山的宿舍，每天上下山坡，在小徑上跳躍的樣子。那她會常來山頂嗎？各自在腦子裏把那些文字走一遍，結論是，不常來山頂，但常常在半山和山下一帶走動。那《茉莉香片》裏聶傳慶從車窗瞥見的絢爛的杜鵑花是哪一段彎彎曲曲的山路呢？是大學道外圍的那一段吧，或者是更靠近般咸道？和青霞一起行山，一般就是絮叨這些細節，我環顧四周，也確實只有她才能懂得我為甚麼會糾纏此類細節。

青霞與文字相伴的時光每每從深夜開始，朋友們都入睡了，她開始挑燈夜讀。讀好文字讓她沉下心來，人生的重啟有一個大計畫，是一個漫長的閱讀和修煉的過程，青霞對這過程充滿了少年般的嚮往。每天都盼着天黑，星星月亮璀璨燈火的夜晚，那是她閱讀的起點，凌晨闔上書頁，她會歎一口氣說，真是捨不得去睡覺啊。這些年，她讀董橋，讀白先勇，讀蔣勳，現在又讀張愛玲、胡蘭成、《紅樓夢》，越讀越系統。她的熟朋友都有這樣的經驗吧，一大早，她打來電話，說：你起床啦，急死人了，我有重大的發現，一夜讀下來，趕快跟你說了，我才能去睡。

她看書是即刻的，一點都不耽擱，拿到好書，或者知道是自己應該看的書，生活裏一切都靠邊站，拿起書就看，原地讀書，即刻讀書。有時候歪在那裏，不是很舒服的姿勢，可手裏的書真是好書啊，完全不敢挪動，深怕一丁點的動彈，就會攪亂了閱讀，而閱讀是片刻都不能耽誤啊。她有時會說，你給我的資料，我站在洗手台邊開始看，一站兩小時，一動沒動看完了，唉，真是太好看啦。那個太字，說得很重很重。

青霞看書，她自己的準確用詞是「吞」。她說，昨晚我又吞了一本書。

即使是生澀的學術文章，多看幾遍，照樣吞下去。不是囫圇吞棗的吞，是如饑似渴的吞。讀得徹底，一遍，兩遍，直到完全吸收，然後慢慢的幻化出來，是養分，進入她自己的敍述。我說，看書叫吞，那你寫文就叫煮啦，你每天就是吞了煮，煮了再吞，然後煮了又煮。於是我們捧腹大笑。

我們已經很久沒有看到對閱讀抱着如此生命的激情的人了吧。看她這樣如饑似渴，我開始檢討自己的閱讀，覺得有點慚愧。我們的閱讀多少都帶有功利性，我們想從文字裏得到某些信息，知識現實不現實，書籍有用沒有用，往往擷取可用的一段，然後這書就丟一邊了。在知識碎片化的時代，有用的知識上總是有一個價碼，是否我們對文字已經失去了最初的那種激情？究竟甚麼是閱讀？甚麼是文字？構築文字是甚麼？看着青霞日復一日的品文煮字，孜孜不倦，不由得想，人與文字的相遇，真的需要緣份。在青霞，這份際遇發生在此時此刻此地。假如說，寫作是對閱讀最大的報復，那訴諸文字的願望，必然發生在密集閱讀之後。日以繼夜的閱讀，是濃縮人生，在濃縮版的人生中再將生命緩緩打開，流出的便是自己的文字。吞字和煮字，是將閱讀和寫作與生命的根本意義聯繫在一起了。

那樣密集的閱讀，再看青霞的文字，如釋重負。那些書本沒有成為她的累贅和包袱，她的文字依然保持着純淨、清脆、流暢。如果寫作真是對閱讀的報復，那保持文字的本真未嘗不是一種自我的執拗。青霞的文字中常常提到前人說的話，但也只是提到，下一刻迅疾回到自己的文字中，依然是那樣的純淨、清脆、流暢。她每寫就一篇，看着是一氣呵成的文字，只有她的熟朋友才知道是下了多少功夫，每天磨，每天煮，每天慢火炖，那樣辛苦，寫完了卻是完全忘記有多苦，她會說，沒有啊，一點都沒有辛苦吧。於是繼續再寫下一篇，日復一日，年復一年。

從她最初的文字一直看到她最新寫的張叔平，我想她一直糾結的是如何將細微的觀察訴諸文字。回憶一波一波的湧來，都是細節，有時候是一瞬間的閃回，被她抓住，不急不慢的道來。永康街老宅裏舊沙發的顏色和質地，樓下老爺車怪異的叫聲，老總統柔軟如綿的手，小公寓裏三毛的即興舞步，李菁獨一無二的眼線，胡睛舫的黑衣黑包和球鞋，金聖華詩裏的花和樹，施南生濃濃的癡情，張叔平的落荒而逃……對於細節的專注使得文學的真實比生活中的真實更真實。喜歡聽她講故事的朋友都說，她的文字敍述和好友聚會時的分享是一樣的。她的故事捕捉的是細節的質感，所以無論講述多少遍，呈現的都是一樣的面貌、溫度、情愫。你完全可以相信它的真實性，這裏的真實並非事件本身的確鑿無疑，而是那個角度的專注、真誠和永恆。

我想青霞是正在用文字鉅細無遺的搭建自己的觀望台，她在那觀望台上重新審視各種各樣的人和事，親近的，久遠的，素昧平生的，擦肩而過的。看青霞品文煮字，目睹的是強大的記憶如何借助文字這個媒介一點一滴的具象化。我也相信很多記憶尚不能觸及，它們隱藏得很深，我想她是在用文字慢慢的試探，一層一層的寫，越寫越靠近那個意念深處的自己。我們已經看到的文字僅僅是她梳理出來的一部份，是冰山的一角，儘管她寫得隱忍、克制、點到為止，已經讓人動容，欲罷不能。假如我們有耐心，青霞會有更多的毅力和勇氣，會一層一層的梳理出來，細節在鍵盤下流動，日益精煉的文字走向一個更寬大更長遠的敍述。

神話的林青霞已被多少人重複書寫，而這些對青霞自己意味着甚麼呢？有多少人有這樣雄厚的寫作資源？又有多少人可以如她這般將幾個人生都濃縮在今生？讀着她第三本書的書稿，我想像，文字的青霞終有一天會和自己在歷史影像中最璀璨的那一刻迎頭撞上。時間是前行的，更是循環的，過去的經驗是為未來的呈現存在的，這個未來的呈現，青霞要自己攥在手裏，在此刻，在未來，以文字指引過去的經驗，並賦予它新的意義，這才是執着於寫作的根本動因。

祝福青霞，年復一年，品文煮字，日落到日昇。

黃心村

鳴　　謝

封面照片：陳漫攝影
封底照片：侯方達攝影

天地
www.cosmosbooks.com.hk

書　　名　鏡前鏡後
作　　者　林青霞
創作總監　張叔平
責任編輯　王穎嫻
美術編輯　郭志民
出　　版　天地圖書有限公司
香港黃竹坑道46號新興工業大廈11樓（總寫字樓）
電話：2528 3671　傳真：2865 2609
香港灣仔莊士敦道30號地庫（門市部）
電話：2865 0708　傳真：2861 1541
印　　刷　亨泰印刷有限公司
柴灣利眾街27號德景工業大廈10字樓
電話：2896 3687　傳真：2558 1902
發　　行　香港聯合書刊物流有限公司
香港新界大埔汀麗路36號中華商務印刷大廈3字樓
電話：2150 2100　傳真：2407 3062
出版日期　2020年11月／初版　香港

ISBN 978-988-8549-28-3